文成天縱

玉茗堂四種傳奇 2

〔明〕湯顯祖 撰 〔明〕臧懋循 訂

廣西師范大學出版社
GUANGXI NORMAL UNIVERSITY PRESS
·桂林·

邯鄲記

邯鄲記

上

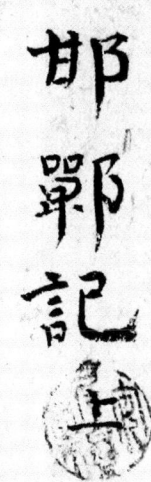

邯鄲記目錄

卷上

第三折 入夢

原書此處缺葉

第七折

驕宴

第八折
虜動

第九
折
外補

第十一折
鑿郟
邯鄲記

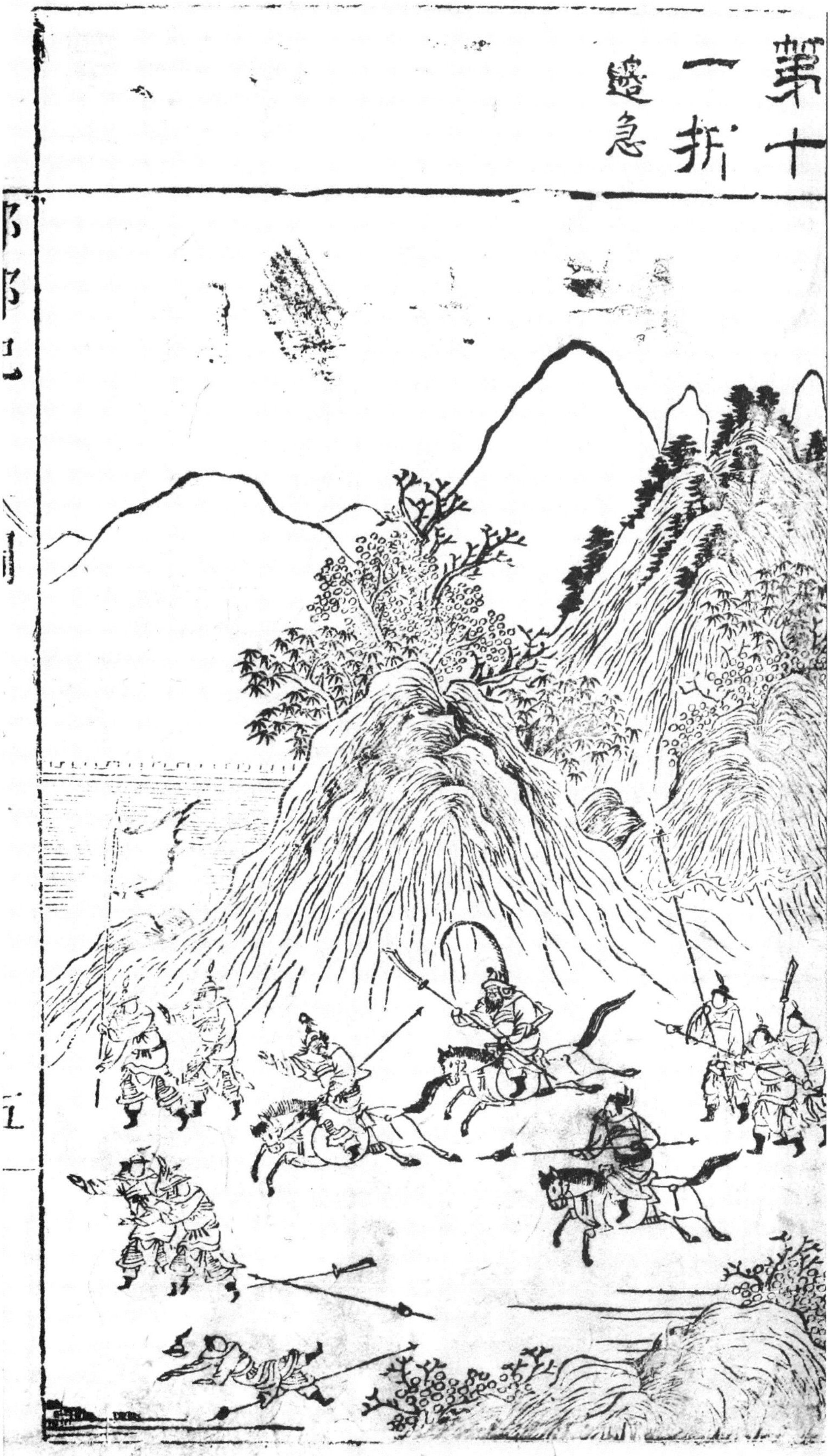
第十一折
邊急

第十二折
望幸

第十三折

東巡

第十四折 西諜

邯鄲記 圖 六

第十五折
大捷

第十卯折 勘功

邯鄲記 圖

七折
閨喜

第十八折 飛語

第十九折
死竄

原書此處缺葉

第二十三折 功白

邯鄲記 圖 下 一

第二十四折
召還

第二十又折
極欲

邯鄲記
圖
十一

第二十齣
折友歎

第二十七折
生寤

第二十八折

合仙

邯鄲記卷上

臨川　湯義仍　撰
吳興　臧晉叔　訂

開場

漁家傲（末上）烏兎天邊纔打照。仙翁海上驢兒叫。一霎蟠桃花綻了。猶難道。仙花也要閒人掃。一枕餘甜昏又曉。憑誰撥轉通天竅。白日飛西還是早。回頭笑。忙忙過了邯鄲道。

張果老再傳仙音。呂洞賓三過岳陽。

俏崔氏坐成花燭。　蠢盧生夢醒黃粱。

第一折　行田

〔破齊陣〕〔生上〕極目雲霄有路。驚心歲月無涯。白屋三間。紅塵一榻。放頓愁腸不下。展秋窗腐草無螢火。盼古道垂楊有暮鴉。西風吹鬢華。

〔菩薩蠻迴文〕客驚秋色山東宅。宅東山色秋驚客。盧姓舊家儒。儒家舊姓盧。隱名何借問。問借何名隱。生小誤癡情。情癡誤小生。小生乃山東盧生是也。始祖籍貫范陽郡。先父流移邯鄲縣。

自離母穴、生成背厚腰圓、未到師門、早已眉清目秀、眼到口到心到、於書無所不窺、時來運來命來、所事何件不曉、數什麼道理、繭絲牛毛、我筆尖頭、一些些都是的進、挑的出、怕那家文章、龍牙鳳尾、我錦囊底、一樣樣都放的去、收的來、咊說則說了百千萬般、遇不遇今二十六歲、今日才子、明日才子、李赤是李白之兄、這科狀元、那科狀元、梁九乃梁八之弟、之乎者也、今文誰在我之先、亦已焉哉、前世落在人之後、真乃是人無氣勢精神減。家少衣糧應對微。所賴有數畝荒田、正值秋風禾黍、穿扮得衣無衣、褐無褐不湊膝短裘敝貂、乘坐着馬非馬、驢非驢、罨搭脚青駒似狗、歎介、雖則如此、無之奈何、不免鞴上蹇驢、散心一會、驢鳴介、我這蹇驢也相伴多年了、再不能勾駟馬高車、年年邯鄲道上也、行介、

柳搖金、青驢緊跨。寒威漸加。克膝的短裘擔不住沙塵刮。空田噪晚鴉。牛背上夕陽西下。看一縷襯殘霞。秋風古道。荒村幾家。白雲杳藹。紅樹槎牙。杳

原本有仙呂賞花時二曲今刪

謁槎禾唱道是秋容如畫。

已向晚、且西村暫住、明日再用上去

返照入閭巷。憂來共誰語。

古道少人行。秋風動禾黍。

第二折 度世

（副淨扮呂仙、背劍葫蘆褡褳杖上、）（集唐）蓬島何曾見一人。披星帶月斬麒麟。無緣邀得乘風去。廻向瀛洲看日輪。自家呂巖字洞賓、京兆人也黍中文科進士、素性飲酒任俠、曾於咸陽市上、

酒中殺人、因而亡命、久之貧落、道遇正陽子鍾
離權先生、能使飛昇黃白之術、見貧道行旅消
乏、將石子半斤、點成黃金一十八兩、分付貧道、
仔細收用、貧道心中有疑、叩頭稟問、此乃點石
爲金、後來仍變爲石乎、師父說五百年後、仍化
爲石、貧道立取黃金拋散、說道雖然一時濟我
緩急、可惜悞了五百年後遇金之人、師父啞然
大笑、道呂巖你這一點好心。可登仙界。遂將六
一飛昇之術。心心密證。口口相傳。行之三十餘

年、忝登上八洞神仙之位、只因前生道緣深重、此生功行纏綿、性頗混塵、心存度世、近來奉東華帝旨、新修起一座蓬萊山門、門外蟠桃一株、三千年其花纔放、時有浩劫罡風、等閒吹落花片、塞礙天門、先是貧道度了一位何仙姑來此逐日掃花、近奉東華帝旨、何仙姑證入仙班、因此張果老仙尊又着貧道駕雲騰霧、於赤縣神州、再覓取一人來供掃花之役、不免將此瓷枕褡褳、按落雲頭、到人間去走一遭、正是枕是頭

梵去聲

邊梵。窀爲心上懸。〔下〕〔淨扮店小二上〕我這南湖
秋水夜無烟。耐可乘流直上天。且把洞庭賒月
色。將船買酒白雲邊。〔內笑介〕小二哥、發誓不賒、
又賒了、〔淨〕賒的賒一月、買的買一船、小子在這
岳陽樓前開張箇大酒店、因這洞庭湖水多酒
都挫澹了、這幾日賒也沒人來、〔內叫介〕小二哥、
那不是兩個賒的來了、〔淨笑介〕請進請進、〔丑末
扮二客上〕一生湖海客。半酣洞庭秋。小二哥、買
酒、〔淨應介〕〔客看壺介〕酒壺上怎生寫着洞庭二

盛平聲

色叶篩上聲
重平聲

脈叶房阻切

字（淨）盛水哩（客笑介）也罷、拚我們海量、吞你幾箇洞庭湖、（淨）這二位吃得多少（一客）小子鄱陽湖生意、飲八百杯、（一客）小子廬江客、飲三百杯（淨）這等、消我酒不去、八百鄱陽三百焦、到不得我這把壺一個腰（客）好大壺嘴哩、做飲唱隨意（介）呀、又一個帶牛鼻子的來了、

【中呂粉蝶兒】（呂上）秋色消疏。下的來幾重雲樹。卷滄桑半葉蓬壺。踐朝霞。乘暮靄。一步捱一步。剛則是背上葫蘆。這淡黃生可人衣脈。

蹬音鄧
數上聲

把世界來數
數韻下的是
蜀叶如去聲

音哇下雅切

中多不合調
處今改正

醉春風則爲俺無挂礙的熱心腸。引下些些有商量的清肺腑。這些時蹬着眼下山頭把世界來數數。這底是三楚三齊。三秦三晉。更有找不着的三吳三蜀。

說話中間、前向洞庭湖了、好一座岳陽樓、樓旁放着一座大酒店、店主人有麽、（淨）請進、

迎仙客（呂）俺曾把黃鶴樓鐵笛吹。又到這岳陽樓把濁醪沽。好景好景、前面漢陽江、上面瀟湘蒼梧下面湖北江南、請了、（淨）請請什麽子、（呂）來稽首、是洞

趕不上斜陽渡句佳

錁音課

庭君有禮數。（淨）鬼話。（呂）只見浩渺渺不分天。白茫茫誰是主。有多少過客征夫。趕不上斜陽渡。（呂見二客介）酒是神仙造、神仙喫你這一班兒也知喫什麽酒。（二客惱介）哎也、可不道一品官、二品客、倒不高。如你、我穿的細軟羅段、喫的細料茶食、用的細絲錁錠、似你這般、不看你喫的、且看你穿的、無過是希泥希爛的粗布道袍、我們扯碎了他的、（一客）我們不要扯碎他衣服。只羞他一場。他道醉眼看醉漢、我笑你這賊道、你

你道俺醉漢不堪扶二句佳

俗叶詞疽切毒叶東盧切

下半少二句今補足

觸叶音楚服叶房夫切

此下有鬭鵪鶉等二曲子

若有酒的吃還醉漢不堪扶哩〔呂笑介〕

〔石榴花〕俺也不和他評高下。說精粗。你道俺箇醉漢不堪扶。怎知看醉人的醒眼不模糊。則怕你村沙勢比俺更俗。橫死眼比俺更毒。〔二客〕這野狐騷道、出口傷人、還不去、還不去、只是扯破他衣服〔呂〕我和你乍相逢。有甚相傷觸。就待要扯破衣服。俺又不曾回半句閒言語。怎罵俺做頑涎騷道野狐徒。

〔客〕我看他身上只有這一張皮、若扯碎了他的、

此曲有四合 用真三

情忒毒了、待我看他、那包袱裏、有什麼東西、（做瞧介）元來是一箇瓷瓦枕、打碎了他的、（呂）你怎麽碎的他、（客）是什麼生料、碎不的他、

【白鶴子】（呂）是黃婆土築基。放在偃月爐。封固的是七般泥。怎容他一線兒絲痕路。

（客笑介）枕兒兩頭大、窟籠想是這賊道害頭風、要出氣的、

【么】（呂）這是按八風。開地戶。憑二一躍。透天樞。（客）倒空空的有些光亮、（呂）有甚的空籠樣。枕江山。早則是

肫頓上聲
凹音坳
姹蒼詐切
術叶如去聲

連環套通心腑。列位都來肫上一會麽（客）這是寡漢䴖的（呂）笑介倒不寡哩、

【么】乍凹見承姹女。竝枕的好妻夫。（客）有甚好（呂）好消息在其中。但枕着自有個通仙術。（客）難道有這話、我們再也不信（呂）此處無緣列位請了、

【快活三】不是俺袖青龍膽氣麤。剛則是憑長嘯海天孤。俺如今朗吟（飛）過洞庭湖。度的是有緣人。人

此下有鮑老兒等二曲並删

迤音移 邐音理

此曲第二句作者多拗不諧臨川亦然單韻去聲

何處（下）

（衆笑介）那先生被我們囉唣的去了、我們也去罷、相逢不飲空歸去、洞口桃花也笑人、（衆下）（呂重上）好笑、一座老大的岳陽樓、無人可度、只索望西北方、迤邐而去、呀、只見一道清氣、貫於燕南趙北、却是邯鄲地方、此中倒有神仙氣候、可喜可喜、

【要孩兒】俺則道有的是、會歌舞邯鄲女。幾千年出不得個神仙伴侶。却怎生祥雲罩定、不尋俗。滿塵

埃、他別樣通疎。蘆花明月人安在。流水高山客有無。俺仔細的擡頭覷。偷鞭影看他驢橛下、探竿識得龍魚。

【尾聲】只為欠一箇蓬萊山掃地仙。因此上、走一片邯鄲城。尋地主。若不是有緣人。怎許他仙人做。則問普天下、誰知俺這箇回道人、是姓呂。

第三折　入夢

（丑扮店主上）北地秋深帶早寒。白頭祖籍住邯鄲。開張村務黃粱飯。是客都談處世難。小子、在

鐺音撐　售音受

這趙州橋北開箇小小飯店這店前店後那庄
半是范陽鎮盧家的他家往來數脚在我店中
也有遠方客商來此打火目今點心時分看有
什麽人來（呂背褡褳笑上）一粒粟中藏世界半
升鐺裏煮乾坤。貧道爲一縷青氣直接邯鄲遍
邏尋來原來此氣落在邯鄲縣趙州橋西盧生
之宅貧道即從人中觀見盧生相貌清奇古怪
真有半仙之分便待度他則因他學成文武之
藝未得售於帝王之家以此其人落落其心悶

瑣音叅

擔平聲

比那岳陽楼近多少句佳

悶精神漸減，沈障久深，似非一時口舌所能動也。〔想介〕則除非如此如此，纔有個醒發之處。俺先到店中，候他則個。

〔瑣南枝〕青蛇氣，碧玉袍，按下雲頭離碧霄。驀過趙州橋，蹬上這邯鄲道。〔內雞鳴犬吠介〕〔呂〕好一座村庄，犬吠雞鳴，頗堪消遣。〔丑見介〕客官請坐。〔呂〕俺把擔囊放，塵榻高，比那岳陽樓近多少。〔丑〕師父何來。〔呂〕我乃回道人，是借坐的。〔丑望介〕你坐坐，又一個騎驢的來了。

町音汀 疃湯短切 絮音許 當去聲

前腔生短裘鞭驢上風吹帽裘敝貂短禿促青驢韉斷梢丑叫介盧大官人生町疃裏一週遭絮軸畔誰相叫原來即舍主人我且坐一會去把驢繫這樁楸上喫些草丑知道了生見呂介輕擡手當折腰但相逢這面兒好

生店主人這位老翁何處丑回回國來的生看老翁容貌不像回回呂貧道姓回從岳陽樓過此足下高姓生小生盧生是也久聞的個岳陽樓好景致不知老翁到了幾次呂不多三次了

道人述一篇岳陽樓記唐時神仙亦喜讀宋文鑑耶

有詩爲証。朝遊碧落暮蒼梧。袖有青蛇膽氣粗。
三過岳陽人不識。朗吟飛過洞庭湖。(生)好吟咏
也、則是朝游碧落暮蒼梧。蒼梧在南楚地方。碧
落在那裏、(呂)若論碧落路程、眼前便是、(生)笑介、
老翁哄美庄家、(呂)這等且說今年庄家如何、(生)
謝聖人在上、去秋庄家、一畝打七石、八斗、今歲
整整的打勾了九石九斗哩、(呂)你好受用哩、(生)笑
介、可是受用了、(呂)做看破裘歎介、大丈夫生世不
諧、窮困如是乎、(呂)觀子肌膚極腴、體胖無恙、談

將去聲
相去聲

諧方暢、而歎窮困者何也

前腔你身無恙。生事饒。旅舍相逢如故交。暢好的不粧喬。正爾諧談笑。因何恨不自聊。歎孤窮。還待怎生好。

(生)老翁說我談諧得意、吾此苟生而已、何得意之有、(呂)此而不得意何等爲得意乎、(生)大丈夫當建功樹名、出將入相、列鼎而食、選聲而聽、使宗族茂盛、而家用肥饒、然後可以言得意耳、

前腔我身窮薄。心計豪。覷青紫當年如拾毛。到如

亂叶音

今呵、整三十受牢騷。尚走這田間道。老翁何唱叫。
我心自焦。你道未稱窮。還待怎生好。
（生）打呵欠介不覺一時困倦起來（丑）想是饑
了、待小人炊黃粱做飯吃何如（生）且待我榻上
打個盹（做睡介）只少個枕兒（呂）我有在此（開囊
取枕與生介）（生接枕睡介）（呂用拂子拂生介）盧
生你要得意麽、只教你大睡一覺、枕上片時
夢裏。領取榮華五十年。
尾聲贈君一枕高眠覺。這便是你萬事如期得意

你自去煮黃粱待他睡個飽句佳

瑩盈去聲

罅音下
瞜音首
瞪音鐙

斜叶詞家切
些叶西加切

叭。店主人你自去煮黃粱。待他睡個飽。（丑應介）同下、生作睡不穩、起看枕介）懶畫眉這枕呵、不是藤穿刺繡錦編牙。又沒甚玉砌香雕體勢佳。呀、原來是磁州燒出瑩無瑕。却怎生兩頭漏出通明罅。（抹眼介）莫不是睡起瞜瞪眼挫花。（瞧介）有光透着房子裏、可是日光所映、前腔則是半間茅屋甚光華。敢是落日橫穿一線斜。元來是孔兒中透出那些二些。待我起來瞧着（起

奢叶詩家切

原本有二曲
今刪其一

向古門驚介緣何即留即漸光明大。待俺跳入壺中細看他。〔做跳入枕中轉行介〕呀、怎生有這一條齊整官道、看介好座紅粉高牆、

〔朝天子〕一徑香風軟碧沙。粉牆低轉處有人家。元來門是開的、待我驀將進去、只見金釘朱戶忒豪奢。滿庭花。重重簾幙鎖烟霞。甚公侯貴衙。甚公侯貴衙。

你看門、簾以內、深院大宅、庭前太湖石山子、堂

原本四曲今省其二

上古畫古琴、寶鼎銅隹碧珊瑚紅地衣、好不富貴、（內吽介）什麼閒人、敢這裏行走、（生慌介）（內吽介）掩上門、快拿快拿、（生）怎好門又閉了、且喜旁邊有芙蓉一架、可以躲藏、（做躲介）（老旦上）適纔明明有人進來、如今何處去了、小姐請上、

【不是路】（旦引貼上）浪影空花。陌上香魂不住家。仙靈化。羞排門戶粉胭搽。奴家清河崔氏之女是也這兩個、一個是老嬤嬤、一個是梅香住這深院重門、未有夫君、誰到簾櫳之下、走藏何處、（老）快行拿。

應平聲

踏叶當打切

多應躲在芙蓉架〔叫介〕那漢子、還不出來送到官
司整治他〔生慌上介〕休要拿、小生在此〔老捉生低
頭跪介〕老他眞姦詐如何直恁無驚怕敢來行踏
敢來行踏
〔旦〕問漢子、何方人氏、姓甚名誰、
前腔〔生〕黃卷生涯盧姓山東是舊家閒遊耍偶然
迷悞到爾衙〔旦〕家中有甚麼人、〔生〕自嗟呀也無妻
小無爹媽長伴孤燈守歲華〔老〕你沒有妻子、在這
裏狗頭狗腦〔旦〕叫那漢子擡頭〔生〕不敢〔老〕你可怕

此下有賀新郎二曲今刪

麽(生)可知怕哩、(老)你要饒麽、(生)可知要饒哩、(老)這等漢子叩頭告饒、(生)叩頭瞧(介)、元來是一位女娘老喝(介)瞧什麽(旦)無故入人家非奸即盜天條一些去不的、老嬷嬷則問他要私休、要官休、私休不許他家去、收他在俺門下、成其夫妻、官休送他清河縣去(老)對生(介)我替你討饒、小姐問你要官休還是私休、(生)官休怎的、私休怎的、(老)私休、不許你家去、留你在這裏、與小姐成其夫妻、官休、送你清河縣去(生)悔氣、情願私休罷(貼)倒虧了你、(老)禀小

逞音旦

[illegible]音打

[illegible]叶扶打切

[illegible]下二句皆

姐、秀才情願私休(旦)這等、恕他起來、(微笑介)他眞儒雅。相如逗着文君寡。(扯生起介)男兒膝下。男兒膝下。

(旦)嬷嬷、奴家憐此生之貧、意欲收留他爲伴、只是無媒奈何、(老)小姐不可錯過了佳期、老身當媒便了、(內鼓樂老贊禮拜介)(把酒介)

節節高(合)崔盧本世家。兩揌詥。偶逢狹路通情話。相鈎搭。沒悮差。非消乏。帽兒抹的光光乍。燈兒照的嬌嬌姹。崔家原有舊根芽。盧郎也不年高大。

佳

嗟叶茲牙切

洽叶奚打切

蠟叶平架切

榻叶湯打切

張音去聲

今夜不須瓷作枕盧郎猶能記夢中事耶

（丑淨提燈上行介）（合）

【前腔】天河犯客槎。猛擒拿。無媒織女容招嫁。休縈掛。莫歎嗟。多歡洽。檀郎醮眼驚紅乍。美人帶笑吹銀蠟。今宵同聽碧牕紗。明朝看取香羅帕。

【尾聲】果然是春無價。盼爲雨爲雲初下榻。（旦）盧郎呵。這是五百歲因緣到了家。

（旦）偶然高築望夫臺。張張書生走進來。

（生）今夜不須瓷作枕。輕舒玉臂枕郎腮。

第四折 招賢

豫章人頗重門第故臨川作傳奇如蕭嵩裴光庭字文獻並述先世爲詳

興去聲

【霜天曉角】（外扮蕭嵩美髯上）江南雲樹。冷落青門廡。萋萋芳草似憐予。有路長安怎去。（集唐）千秋萬古共平原。生事蕭條空掩門。試問酒旗歌板地。有誰傾蓋待王孫。小生蘭陵蕭嵩、字一忠、乃梁武帝蕭衍之苗裔、宋國公蕭瑀之曾孫也。只因岸谷遷移、滄桑變改、文武之道頓盡、琴書之興猶存、且是美于鬚髯、儀形偉麗、有人相我、爵壽雙高、這不在話下、有個異姓兄弟叫做裴光庭、乃金牙大總管聞喜縣公裴行儉、

諳音菴　辟音闢

之曉子、兼是當朝武三思之女壻、古今典故、深所諳知、但此弟長有一點妬心、也是他平生毛病、幾日不見、想待到來、

前腔〔末扮裴光庭、袖詔書上〕凌雲詞賦。將相吾門戶。袖中天子辟賢書。滿着蕭郎前赴。

自家裴光庭是也、從來飽學未遇、幸逢黃榜招賢、自揣可中狀元、則怕蕭兄奪取、心生一計、將這紙黃榜、袖下了、不等他知、一逕辭他前去、見介〔外〕兄弟我近來情懷耿耿、頗失欵迎、〔末〕你兄

殺音達　疏去聲

弟、亦有心事匆匆特來告別、(外)呀、有何緊急丕二此(末)天大事、都可說與仁兄只這些二、是小弟機密事、不敢告聞、就此拜辭了、(外)賢弟袖中簌簌之聲、是何物也(末)沒有甚的(外)扯看介(介)是黃紙(末笑介)是本疏頭(外)奪看介(介)呀、原來一紙招賢詔書、爲何賢弟袖着(末)實不瞞兄此榜文、御史臺行下本學、學裏先生把與愚弟看、愚弟想想來別的罷了、仁兄才學蓋世、聽的黃榜招賢、定然要去、因此悄悄的袖了這詔書、瞞兄往京、單塡

妥貼奇句切

一緣二命句甚佳

小弟名字錯繳了（外笑介）可有此話秀才無數何在我一人

皂羅袍（末）提起書生無數俺三言兩句壓倒其餘那蒼生一郡眼無珠則你春風人面人如玉你兄弟才學要中頭名狀元你去之時把我綽下第二了（外笑介）豈有此理（末）嫦娥所愛無過兩儒將來並比端然一輪因此上裴航要閃住你蕭郎路

前腔（外）不道狀元難遇但一緣二命未委何如你把招賢榜作寄私書遮天袖掩賢門路別的罷了

賢弟在場屋中、我筆尖可以饒讓些二、俺把筆花高吐。你眞難展舒。俺把筆尖低舉。隨君掃除。便金階對策。也好商量做。

此下有尾聲已刪

（末）這等、多承仁兄相讓、就此同行便了、

（末）王孫公子不豪奢　雪案螢牕守歲華

（外）但是學成文武藝　都堪貨與帝王家、

第五折　贈試

【遶池遊】（旦上）偶然心。上。做盡風流樣。懶粧成又假入半晌。（老旦笑上）營勾腰肢。迫籠繡帳。聽得來愁

據奴兒詞亦不

入夜長。

醜奴兒旦紅圍粉簇。淸幽路、那得人遊。老天與風流。有客窺簾動。玉鉤。貼探香覓翠芙蓉架官了私休。合此處人人留、蝶夢迷花正起頭。老小姐、你好端端坐在家、天上掉下一個盧郎。貼笑介不是掉下盧郎、旦[illegible][illegible]盧郎、旦蓋了頭盞原由本相來。想起我家七輩無白衣女壻、要打發他應舉、你道如何、老好樂、姐夫得官回、你就做夫人縣君也、

【卜算子】（生上）長宵清話長。廣被風情廣。似笑如顰在壽堂。費盡佳人想。

（見介）（旦）盧郎、你不羨名公樂此身（生）風光別似武陵春、（旦）百花仙醖能留客（生）一面紅粧惱殺人、（旦）盧郎、自招你在此、成了夫婦、和你朝歡暮樂、百縱千隨、真人間得意之事也、但我家七輩無白衣女壻、你功名之興、却是何如（生）不欺小姐說、小生書史雖然讀過、被那儒冠誤了多年、今日天緣、現成受用、功名二字、再也休提。（旦）咳、

此曲頗中時弊語亦佳

秀才家、好說這話、且問你會過幾場來、

朱奴兒【生】我也忘記起、春秋幾場。則翰林院、不看文章。沒氣力頭白功名紙半張。值那等豪門貴黨。

【合】高名望、時來運當。平白地爲卿相。

【旦】說豪門貴黨、也怪不的他、則你交游不多、才名未廣、以致淹遲、奴家四門親戚、多在要津、你去長安、必須拜在門下、【生】領教了、【旦】還一件來、公門要路、能勾容易近他、奴家再着個家兄相幫引進、取狀元如反掌耳、【生】是那一個令兄有

賄音毀
賂音路

騅音追

這樣手段、又有這樣行止、（旦）他從來如此、

【前腔】（旦）有家兄打圓就方。非奴家數白論黃。少了他呵、紫閣金門路渺茫。上天梯有他氣壯。（合前）

（生）這等、小生倒不曾拜得令兄、（旦）你道家兄是誰、家兄者錢也、奴家所有金錢儘你前途賄賂、

（生笑介）原來如此、感謝娘子厚意、如今黃榜招賢、揹把所贈金資交結勢貴、則小生之文字字珠玉矣、（旦）正當如此、嬤嬤取酒送行、

【鴈來紅】（送酒介）霓金盞。瀉杜康。緊班騅送陛郎。他

行音杭
眸音牟

尾佳甚

無言覷定。把杯兒倘再四重斟上。怕濕羅衫淚幾行。（合）凝眸望。開科這場。但泥金早傳唱。

前腔（生）葫蘆提田舍郎。仗嬌妻。有志綱。贈家兄送上黃金榜。握手輕難放。少別成名恩愛長。（合前）

尾聲（拜介）（生）錦衣剋日還鄉黨。（旦）走章臺再休似以前胡撞。我留這。一對畫不了的愁眉待張敞。

（生）開元天子重賢才。（旦）開元通寶是錢財。

（老旦）若道文章真使得。（貼）狀元曾值幾文來。

第六折 奪元

車叶昌茶切

射音夜

夜行船、淨扮宇文融引副淨雜執棍上、宇文後魏留支派。猶餘覇氣。遭逢聖代。號令三臺權衡十宰。又領着文塲氣槩。集唐、猶得三朝托後車、普將雷雨發萌芽、中原駿馬搜求盡、誰道門生隔絳紗、下官、乃唐朝左僕射、兼檢括天下租庸使、宇文融是也、性喜奸讒、材能進奉、日昨黄榜招賢、聖人着下官、看卷進呈、思想一生專以迎合朝廷、取媚權貴、卷子中間、有個蘭陵蕭嵩、奇材奇杖、雖是梁武帝之後、異代君臣、管我不着、又有個聞喜裴光庭、正是前宰相裴行儉之子、武三思因他才品次些、我要取他做箇頭名、蕭嵩第二、早已進呈、未知聖意若何、早晚近侍到來、可以漏洩聖意、左右、門外伺候、

【粉蝶兒】（老旦扮高力士引隊子上）綠滿宮槐。隨意到棘闈簾外。

（丑報介）司禮監高公公到門、（淨慌走接介）（淨）早知老公公俯臨、下官禮合遠接、（老）老先過謙了、

日下看卷、費神思哩、(淨)正要修一密啟稟問老公公、未知御意、進呈第一、可點了誰、(老)有點了、(淨)是裴光庭麽、(老)還早、(淨)是蕭嵩、(老)再報來、(淨)後面姓名、下官都不記懷了、(老)可知道、

一封書、(淨)都經御覽裁。看上了山東盧秀才。(淨)想(介)山東盧秀才、(老)名喚盧生、知他甚手策動龍顏含笑孩、(淨)老公公看見當真點了他、(老)親看御筆題紅在。待剪宮袍賜綠來。(合)御筵排。梅花開。也是他際會風雲直上台。

（淨背介）奇哉奇哉、這盧生下官從無相識、如今聖上竟把他點了第一、却是從何而來、（回介）這等情詞、公公、裴蕭二人第幾、（老）蕭第二、裴第三、（淨背介）

【前腔】（淨）卷首定蕭裴、怎到的寒盧那狗才、（回介）是他命運該遇重瞳、着眼擡、（老）老先不知、也非萬歲爺一人主裁、他與滿朝勲貴相知、都保他文才第一、便是本監、也看見他字字端楷哩、（淨）可知道了、他書中有路能介拍、則道俺眼內無珠做總裁、（合）

（前老）告別了、明日老先陪宴、

前腔（合）杏園紅。你知貢舉的須陪待。（淨）還要請老公公主席纔是、（老笑介）我帶上了穿宮入殿牌。則助的你外面的官兒御道上簪花、那一聲采。（下）

（宇文弔場）可笑可笑、咱看定了的狀元、誰想那盧生、以鑽刺搶去了、偏不鑽刺於我、

如此朝綱把握難、　不容怒髮不衝冠、

則這黃金買身貴、　不用文章中試官。

第七折　驕宴

[illegible]古宴

丑扮廚役頭巾插花上小子、光祿寺廚役、三百名中第一、刀砧使得精細、作料下得穩實、饅頭摩的光滑。絲[illegible]麵、打得條直。千層起的潑鬆。八珍配得整齊、何止五肉七菜。無非喫一看十。喫了的眼思夢想。迴看的都垂涎咽液。休道三閣下堂餐。便是六宮中、也是小子尚食。這開元皇帝、最喜我葱花灌腸。太眞娘娘、左喜我椒風扁食。止因御湯裏[illegible]下個蝨子。被堂上官將小子革職。虧的過房[illegible]外甥營救。呌小子依舊更名上直。

〔內問介〕外場了丁是誰、〔丑〕是當今第一名小唱、在高公公門下秉筆、你道我今日因何頭上插花、專爲做新進士瓊林宴席、今日天開文運、新狀元賜宴曲江池、聖旨就着考試官宇文老爺陪宴、說猶未了、前面衙頭踏早來也、

謁金門前〔淨引小生雜執棍上〕風雲定。恩賜御筵華盛。我也會喫紅綾春宴餅。年華堪自省。

省星上聲

我宇文融、今日曲江陪宴、可奈新科狀元本是落後之卷、相見好沒意思、後生意氣、且自趨奉

奊音頡

他一二、叫光祿寺、祇候人、筵席可齊備了、麽（丑）
叩頭介都齊備了、只有教坊司未到、小生催先
下（旦貼老旦副淨上）折桂令中開院本、插花筵
上喚官身。稟老爺、女妓們叩頭、（淨）報名來、（貼）叫
做珠簾秀、（旦）叫做花嬌秀、（老旦）叫做明月秀、（副
淨）我叫做鍋邊秀、（淨）怎生有這般一個名字、（丑）
小的知他命名的意思、妓女們琵琶過手曲過
喉、家常飯到口、伸掌只他叫做鍋邊秀、正好對
小的光祿寺廚役、竈下養、（淨）哦、原來是個火頭

[illegible]來應對
[illegible]得體

哩〔丑〕着了他女小和老爺退火〔淨〕唗狀元已到妓女們遠遠迎者伎

謁金門後〔生外末小引小生雜執瓜鎚上〕走馬御街遊趁。鴈塔標題〻名姓。〔旦衆接介〕教坊司女妓們迎接狀元〔生〕勞動。你多嬌來直。應。遶花鶯燕請。〔淨迎介〕請進〔拜介生〕應圖求駿馬。〔外〕驚代得麒麟。〔末〕白日來深殿。〔淨〕青雲滿後塵。恭喜三公高才及第老夫不勝榮仰〔生〕叨蒙聖恩〔外末〕皆老師相提拔之力〔淨〕御賜曲江喜筵真盛事也〔生〕

崢音橙
嶸音橫
崢嶸下平仄
不調便難度
曲今改正

敢問往年直宴止是幾個潦倒樂工今日何當
妙選（淨）今日狀元乃聖天子欽取以此加意選
來（生）原來如此（淨）看酒（丑）花開上林苑酒對御
江池酒到
降黃龍（淨）送酒（介）天上文星唱好是金殿雲程玉
堂風景皇封御酒玳筵中如醉日邊紅杏（生）崢嶸
有何才學這一舉成名天幸（外末）𢭃歡娛酒淹衫
袖帽斜花勝
前腔（衆旦）難明天若無情怎折桂人來嫦娥送影

迤音拖

咏為命切

妮音尼

狀元詩用天子門生語以此致宰相不協韻斷終身

人間清興是紅裙。怎不把綠衣欽敬。低聲待陪衾侍枕。迤逗的狀元紅。並但留名平康到處也堪題咏。(淨)狀元、這妮子要請狀元、就是老夫為媒。(生)笑介(淨)官妓狀元處乞珠玉、(生)使得、題在那裏、(貼)奴家有個粉紅汗巾兒在此、(生)題詩介(淨)看念介香飄醉墨粉紅催。天子門生帶笑來。自是玉皇親判與。嫦娥不用老官媒。(外末)年兄好染作也、(淨)則就中語句、有些兒譏落老夫哩、(外末)盧年

長坊時弊然亦是臨川粧點

兄末必有此、〔淨笑介〕官妓再看酒、

〔黃龍滾〕〔生外末合〕同登學士瀛。同登學士瀛。淸忙瓊漿領。是虎爲龍。都是風雲慶。爲誰後落。爲誰僥幸。〔衆妓合〕遶鴈塔。共題名。瞻淸景。

〔小生上報介〕報、盧爺奉聖旨、欽除翰林學士兼知制誥、蕭爺裴爺、俱翰林院編修、着教坊司送歸本院、〔淨〕恭喜了、

〔前腔〕詩題翰墨淸。詩題翰墨淸。鐙撒雕鞍逞風暖笙歌。笑語朱簾瞅。生成濟楚。昂然端正。〔衆妓合〕便

稱去聲

立在鳳樓前人索稱。

尾聲〔生外末揖別上馬介〕〔生〕躍雕鞍歸共沙堤競、〔外末〕看帽簷高接御樓平、〔合〕也不枉了誤春雷十年聰下等、

〔衆下〕〔淨弔場笑介〕世間乃有盧生中了狀元、為因不出我門下、談容高傲、我好意趁奉他、說嫦娥有意、老夫可以為媒、乞其咏玉他題詩第二句、天子門生帶笑來、明說不是我家門生、這也罷了、第四句嫦娥不用老官媒、有這等一個老

傷時之論

官媒你使不用他、他却放不過你、待我思想一計、打發他、如今新除中了聖意、權待他知制誥有些些破綻之時、尋一箇題目處置他、亦何難哉、

書生白面好輕人、只道文章穩出身、
直待朝中難站立、始知世上有權臣。

第八折 虜動

〔北點絳唇〕副淨扮番將末扮番帽上　沙塞菸菸。天山直上三千丈。龍虎班行。出將還留相。

〔末〕吾乃吐番丞相、悉那羅是也、〔副淨〕吾乃吐一番

炕音抗

大將熱龍莽是也早晚贊普升帳在此伺候

【前腔】丑扮番王引外小生雜執旗上白草黃羊千廬萬帳歸吾掌氣不降唐穩坐在泥金炕

末副淨見介丑青海灣西舊駱駝白蘭山外雪風多一枝金箭催兵馬占斷兒家綠玉河自家吐番贊普是也我國始祖禿髮烏孤留爲南京皇帝母金城公主來作西番贊婆種類繁昌部落强盛與唐朝原以金鵝爲誓奈邊將長以鐵騎相加我心中甚是不忿如今深秋天氣苦[illegible]

忿去聲

馬肥、正俺胡兒得志之日、欲待統兵殺入、騷擾他一場、二卿以爲何如、（副淨末）我國東接松凉、西連河鄯、南吞婆羅、北抵突厥、勝兵十萬、壯馬千羣、臣把羅調度國中、（副淨）臣龍莽攻略境外、逢城則取、遇將而擒、唐朝不足慮也、（丑）進兵何地爲先、（末）先取河西、後圖隴右、（丑）這等就着龍莽將軍徑取瓜沙、丞相從後策應、衆把都們聽令而行、（衆應介）

【清江引】（丑）普天西出落的番回將、大將熱龍莽、（副

中二句甚不合調以起兵時爲衆合唱不須効腔姑用之

羌音匡

剗音產

【淨】番鼓兒緊緊幫、番鐃兒點點當、【衆合】汗呼呼海螺蛳吹的響、

【前腔】【丑】倒天關靠定了那羅相、就裏機謀廣、【末】令旗兒打着羌、刀尖兒點着唐、【合】直打進玉門關做一片襄、

【丑】十萬生兵不可當、【副淨】剗騎單馬射黃羊、

【末】陰山一片紅塵起、【合】先取涼州作戰場、

【掌號介】【叫前合轉下】

第九折　外補

好事近詞亦佳

七娘子（旦引老旦貼上）狀元郎拜滿了三年限。偏思量那日雕鞍。又早春風一半。展粧臺獨自撚花枝歎。

好事近 無路入天門。買斷金錢誰說。（貼）逗得翰林人去。送等閒花月。（旦）夢回鴛枕翠生寒。始悔前輕別。（貼）一種崔徽情緒。爲斷鴻愁絕。（旦）嬤嬤、我家深居獨院、天賜一位夫君、歡心正濃、忽動功名之興、我將家資、打發他上京取應、一口氣得中頭名狀元、果遂奴之願矣、只爲聖恩、留他

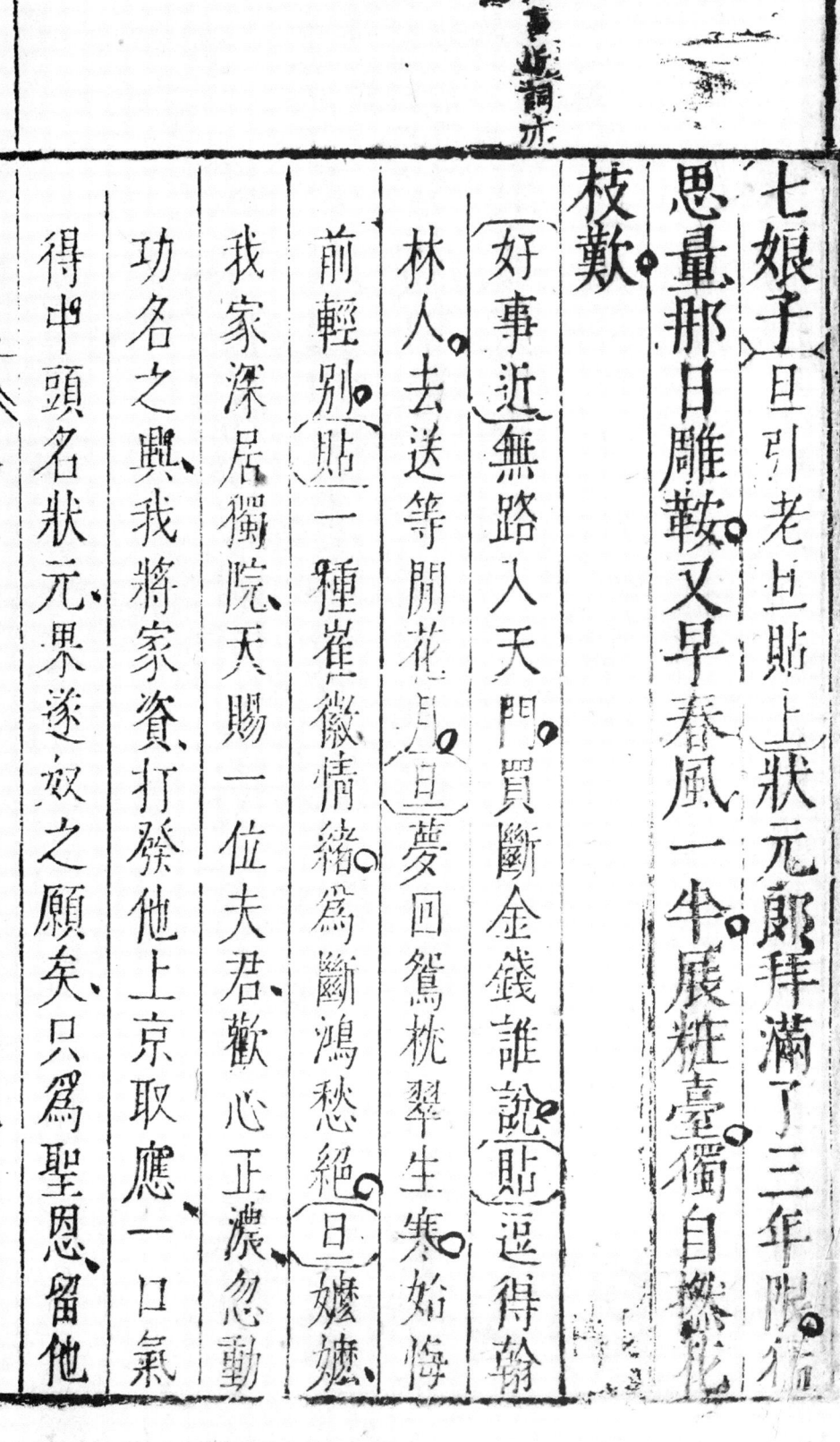

小樓外幾曾抛眼又愁和悶被東風吹上眉山皆詩餘語以入曲則落第二義為太文也

專掌制誥、三年之外、方許還鄉、這相思何時是了也、

鍼線箱沒揣的幽期密歡。儘意底團笙弄盞。問章臺人去如天遠。小樓外幾曾抛眼。早則是一簾粉絮鶯梢斷。十里紅香燕語殘。（合）纔凝眸。愁和悶被東風吹上眉山。

（老旦忙上）小姐、狀元回來了也、（旦）驚喜（介）兒夫錦旋、一面安排酒筵、待我親自迎接、

【望吾鄉】（生引外、雜執爪鎚、末淨副淨丑、執欒輿繖）

崔家正在清河郡句佳

生捧鳳冠袍束上、翠蓋紅茵、香風染細塵、花枝笑插宜春鬢、騎驄上路人偏喜、盼望吾鄉近、揮鞭緊、問路頻、崔家正在清河郡、

（見介）（旦）盧郎榮歸了、（生）夫人恭喜、（拜介）（生）一鞭紅雨促歸程、（旦）不忿朝來喜鵲聲、（生）官誥五花叨聖寵、（旦）名揚四海動奴情、（末淨等叩頭介）（旦）你們是那裏來的、（末）小的們從京師伏事狀元爺來的、（旦）老嬤嬤西廳酒飯、見人頭賞他五兩花銀去、（末等叩謝介）謝夫人賞、（下）（旦）聞的你中

了狀元、留你中書、三年掌制誥、因何便得錦旋、【生】夫人不知、下官因掌制誥、偷寫下夫人誥命一通、混在衆人數內、朦朧進呈、僥倖聖旨都准行了、下官星夜親手捧着五花封誥、送上夫人、實是瞞過了聖上來也、【旦】費心了、相公你因何得中頭名狀元、【生】多謝夫人將金資廣交朝貴、竦動了君王、在落卷中番出、取爲第一、【旦】哎喲、險些第二了、

【玉芙蓉】【旦奉酒介】天生巧步雲。早得嫦娥近。乍相

[illegible]第二了　[illegible]絕佳

暗裏絲鞭打着人夫壻誰家第一人用之尤實複佳

行夫運夫人今皆以本色諸叶韻元人長技大率如此

逢。門見掩着成親。秋波誰似花前俊。暗裏絲鞭打着人。我行夫運。做夫人縣君。這些時爲相思長是翠眉顰。

前腔〔生〕文章一色新。要得君王認。揷宮花酒生袍袖春雲紅樓十里珠簾問。這夫壻誰家第一人。你夫人分有花冠告身。伴題橋捧硯虧殺卓文君。

〔老旦〕本衙門辦官到。〔副淨扮官上〕東邊跪的去、西頭走得來、辦官見。〔見介〕禀老爺、蹺蹊了、原來老爺朦朧取旨、馳驛而回、被宇文老爺看破了、

都意支

予以盧生外補因由夫人豈可不問特為攙入廢了尾聲覺有線索

奏上、聖旨寬恩免究、此去華陰山外、東京路上、有座郟州城、運道二百八十里、石路不通、聖旨就着老爺去做知州之職、鑿石開河、欽限走馬到任、不許停留、（生旦）有這等事、一壁廂整備夫馬、我夫妻們、郟州赴任去也、（旦）相公、你與宇文丞相、有何讐恨、劾奏你來、（生）下官本從落卷中取中狀元、不肯認他門下、以此懷恨、

【尾聲】則為認門生。惹下姦臣恨。平白地、去河陽領運。（旦）雖然如此、也落得我夫妻二人、寶馬香車一

哈五折切

路兒引

（生）三載暮登天子堂、一朝衣錦晝還鄉、

（旦）催官後命開河路、食祿前生有地方、

第十折 鑿郟

普賢歌（副淨扮委官上、）郟州城下水波波。運道上乾焦沒奈何。州官來掘河。工程歲月多。點包兒、令朝輪到我。

小子麻哈人氏、考中令史第七、偶遇疏通事宜、加納郟州幕職、郟州一條官路、二百八十八里、

呆音爺
長音掌
甲叶江雅切
閘叶之亞切
些叶西牙切
喇音辣
雜叶茲把切

頑石東京運米、西京費盡人牛脚力、轉搬多有
折耗、顛倒刻減雇値、人戶告理艱難、當上官議開
河驛、州裏盧爺詳允、動支無礙工食工程一月
有餘、並不見些消滴、小子當蒙鈞委、特來點比
工役、諸餘作手都可、倒是那箇甲頭老賊、推呆
賣老不來、來時打的他筆直、
【字字雙】丑扮甲頭、拿紙錢做打嚏上我做甲長管
十家、十甲、開河人役賠分花、點閘、排門常例有些
些、喇雜、管工官又把甲頭查、沒法、

法叶方雅切

送紙錢諢語亦不惡

見介副淨惱介這喒時狗弟子孩兒、還不來伺候、丑叩頭介小的不敢、副淨做了工程一月有餘、還不見你一點水、丑水是地下的血、難道小的身上的尿、副淨狗弟子孩兒、管水喫水、你推的沒有、丑小人有罪、權送一分紙錢、副淨惱介官府的紙錢、是這紙錢、丑這是盧太爺因水道不通、領了衆夫甲、三步一拜、將次到這禹王廟來了、這紙錢、是禹王老爺用的、難道老爺倒用不的、副淨慌介哎也原來太爺行香、這狗弟子

不早通報、快去點香鋪廉、

縷縷金生引老旦、雜扮皂隸、末扮石匠、執鎚鑿、淨執鋤上、副淨忙迎接介山磊磊。石崖崖。鍬鋤流汗。血費民財。灑掃神王廟。親行禮拜。要他疏通泉眼度船簰。還當共酬賽。還當共酬賽。

縷音壘

揪祖消切

副淨香紙齊備、生拜介

江兒水禹王如在。吏民瞻拜。石頭路滑。把糧車礙。要鑿空河道引江淮。合叫山神早開。河神早來。國泰民安似海。

此見南柯第六折要按琵琶如來証明[illegible]法

髓上聲

澠音敏

（生）把祭禮收了、分付十家牌一人管十、十人管百、擂鼓趲工、不許懈怠（衆應介）（内鼓外作介）

桂枝香（生）則爲太原倉窄。臨潼關隘。未說到砥柱三門。且掘斷蘆根一帶。看泥沙石髓。看泥沙石髓。便陰陽違礙。也無之奈。好傷懷。滴水能消得、民間費血財。

（内鼓介）（衆）好了好了、稟老爺、東頭水來了、（生）喜介、眞個洞洞的水聲哩、

前腔（衆）黃河如帶。澠池分派。自從公主河西。直引

世稱鹽蒸醋煮之法爲平淮伯所以通

到太陽橋外。看消消碧水。看消消碧水。此時懞昧。定然洶沛。請寬懷。（生）還有前山未開哩。（衆）欲便于年運。非爲百姓災。

（衆作鍬鑿不動介）呀。怎好。下不得鍬鑿了。（看介）禀老爺。起初開的山。是土山石皮。這兩座山。一座喚做鷄腳山。一座喚做熊耳山。却是透底頑石。鍬鑿不入的。如何是好。（生背想介）哦。元來是鷄腳山。熊耳山。昔禹鑿三門。五行並用。我知之矣。（回介）雞腳熊耳。你道鐵打不入。俺待鹽蒸醋

呂梁運道者臨川此語亦印有本

粰音丞

煮了他、（衆笑介）怕沒這等大鍋、（生）不必用鍋、州裏取幾百擔鹽醋來、（衆應下、扛上介）鹽醋在此、（生）取乾柴百萬束、連燒此山、然後以醋澆之、着以鍬鑿、自然頑石粰裂而起、後用鹽花投之、盡皆成水、（衆笑介）有這等事、（燒火介）

太迸鼓燒空儘費柴、起南方火電霹靂摧崖、呀山色燒煤了、（生）快取醋來、（衆潑醋介）料想山神元措大、又逢酸子措他來、這樣神通、教人怎猜。

（衆）怪哉怪哉、看這雞腳跟熊耳衆、都着酸醋煮

皴虹荷切

原本末二句殊不成語予改勝之

賈音古

粰了。（生）快下鍬鋤，成其河道。（眾鋤介）

（前腔）（生）鸛嘴啄紅崖，漸鱗皴甲綻，粉裂烟開。（眾夫役）一面快撒鹽去。（眾撒鹽介）雖然火盡青山在，似雲消春水潑天來。（眾鑿介）且喜兩頭的水接着了。（生）這都是大禹神通，非咱弄乖。

眾夫役，功已成矣，河已通矣。當鑄鐵牛於河岸之上，以鎮重。舟頭向河南，尾向河北。一面催入關糧運，牽以招引四方商賈，奇貨聚於此地。一面奏知聖上東遊，觀覽勝景，也不枉了陝州

眉批：原本可省然意有未盡須展之

百姓之幾〔衆〕多謝老爺男女們再當插柳堤岸

以添勝景

〔尾聲〕〔生〕鐵牛鑄下傳千載奏明主東遊氣槩〔衆〕還把垂楊柳清陰兩岸栽

〔生〕用盡人夫力　渠成鑄鐵牛

傳聞聖天子　爲此欲東遊

第十一折　邊急

〔西地錦〕〔外扮老將引小生雜執旗上〕踏破冰凌海浪　撞開積石河梁　馬到擒王　旗開斬將　袍花點盡

風霜。

坐擁貔貅膽氣豪。玉門關外陣雲高。白頭未掛
封侯印。腰下長懸帶血刀。自家涼州都督羽林
大將軍王君㚟是也。瓜州常樂縣人氏。平生
勇善騎射、蒙聖恩以戰功累陞今職、隴右河西、
聽吾節制、長城一線、控隔吐番、近聞番兵大舉
入寇、兵鋒頗銳、不知他大將為誰、待俺當先出
馬、與他比試數合、便見強弱、衆搖旗喊介
花子外老河魁、福國公、邢將。羽林軍、個個精芒。

按星宮旗開五方。陣圍花、太歲中央。（合）鼓塡塡如雷震張。鎗刀甲盔如日光。馬噴秋雲飛戰場。倚洪福如天。大展封疆。

（衆再搖旗喊介）

前腔（衆）擁貔貅、金頂蓮華帳。幾年間、坐鎮邊防。覷番兵渾如犬羊。怎當咱虎鬬龍驤。（合前）

（老旦扮報子上）報報報、吐番大將熱龍莽、殺過來了。（外）快整兵前去。（行介）

淸江引（合）大唐家有的是驍雄將。出馬誰攔擋。單

中二句亦不合調

兒走的慌陣兒排的忙管這回生擒下熱龍莽衆站一壁介副淨扮龍莽領丑雜執旗上唱前清江引普天西出落的云云外衆對陣打話介淨吾乃番將熱龍莽是也你是何人敢來迎戰外吾乃大將王君奠是也快下馬投降免汝一死戰介番將佯敗下外番將已敗衆軍校快追上去饒他走到焰摩天脚下騰雲須趕上衆應追下介末扮那羅領貼雜執旗上唱前倒天山排定了云云吾乃吐番丞相悉那羅是也領兵

策應龍莽將軍約他佯輸詐敗唐兵必然追趕
吾以生兵遶出其後破之必矣把都們一齊殺
過關南務擒唐將衆應介副淨敗走上外衆追
上介衆喊云休教走了熱龍莽末叫介王君㚟
且歇馬吐番丞相救兵在此外慌介呀中他計
了三軍死戰殺一條血路回去副淨末夾戰外
敗被殺介副淨多謝國相夾戰得此全勝末唐
軍戰敗大將陣亡便乘此威風搶進玉門關去
不可有遲衆行介

淸音意
梨花兒佳

淸江引（合）數十萬唐兵、都在血泊裏蹅奏凱的歌聲唱、弓梢兒輓的強、馬隊兒擺的長、看錦繡樣江山、只一會子搶、

第十二折　望幸

梨花兒（丑扮驛丞上）鄭州偌大新河驛、老宰今年六十七、承差之時二十一、䠞巴到尚書、還要百箇十。

小子、鄭州新河驛驛丞、是也、聞當今開元皇帝、巡幸到此、本州太爺、着小官在此承應、件件齊

原本驛丞白數千言甚惡盡削之
筌補悶吻

備、只有那一千個殿脚棹歌女、尚欠二名、我想這裏是窮地方、便有也只幾個蠢丫頭、那討精細的充得過去、況且日子又逼促、如何是好、此間有兩個囚婦、一個是蘇州人、一個是秀州人、頗有姿容、又會歌唱、不免將他補在數内、便太爺嚴明、那裏查得出、呀、太爺來了、

（西江月）（生引小生、雜扮皂隷上）峽石翻摇翠浪、茅津細吐金沙。打排公舘似仙家。晝夜瞻迎鸞駕。

（丑見生介）（西江月）（生）鸞駕卽時巡幸。新河喜得

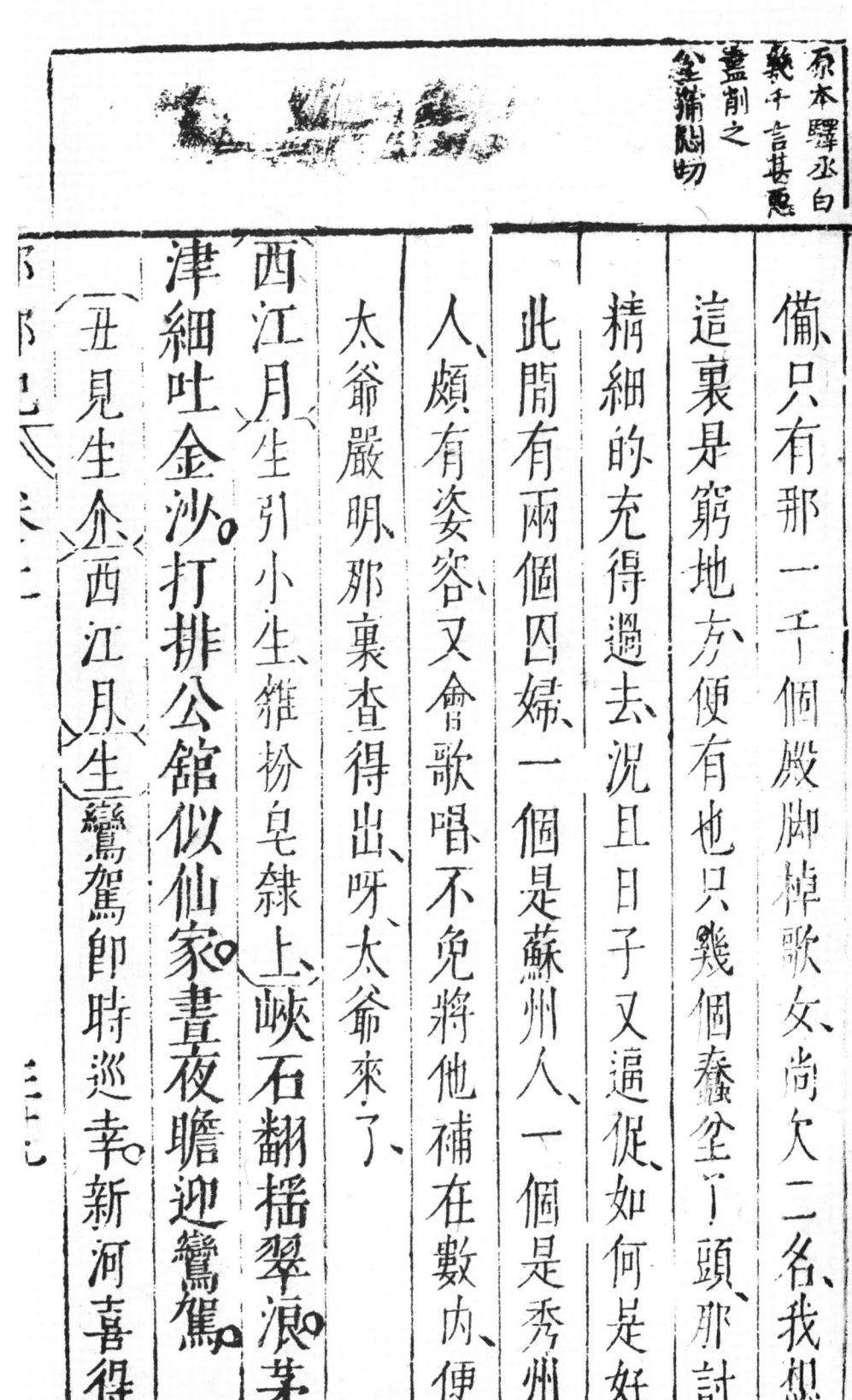

扈音戶　從去聲

完成。東都留守報分明。祗候都須齊整。（丑）一要錢糧協濟。諸般答應精靈。普天之下一人行。怎敢因而失敬。禀爺、萬歲爺爺、起岸而行、往何宫館、（生）原有先年造下繡嶺宫、三宫六院、現成齊備、扈從文武、俱有宫館帳房、人役錢糧、也有東京七十四州縣津分帖濟、則有一千名棹歌女子、急節難全、怎生是好、（丑）止欠二名、驛丞星夜家中、搬取嫡親姊妹二名、教他打歌摇櫓、已勾一千之數、（生）驛丞費心了、（小生禀介）驛官謊爺、

繖即傘字上聲

是兩名內婦生好打介淨叩頭介雖則內婦頗有
姿色又能唱歌急忙難討這一對生時月已逼
只得將就些罷了驛丞聽我分付
一封書東來是翠華要曲柄紅羅繖一把丑驛裏
倒沒有這一件生繡嶺宮鸞駕庫裏借來御筵排
怎麽遶龍盤盡插花丑則怕珍羞不齊皇帝也只
得隨鄉入俗了生我自有象牙盤上膳千品外閒
所獻預備賞賜而已丑還怕扈駕文武老爺管待
不周文武官員猶自可有那等勢焰的中貂怎奈

喫不的直駕將軍一個瓜　此出驛丞之口則佳今作生曲吾不取也
艘音騷

他。(生)不妨有個頭兒高公公、我也差人送禮、他自能約束、則我這裏、凡事要精細些、休當耍。莫爭差。喫不的直駕將軍一個瓜。還有一事、分付各路糧貨船、千萬餘艘、着以五方旗色、編齊綱運、逐隊寫着某路白糧、某州奇貨、每船上焚香奏其本地之樂。(丑應介)(小生報介)稟爺、掌頭行的老公公到了、聖駕也、駐三百之外。(生忙介)快看馬來、迎駕去、

(生)地軸三河接。天臨萬衆通。

〔丑〕有星皆拱北。無水不朝東。

第十三折　東巡

太常引〔淨〕宇文太裴上　天迴地繞聖躬勞。春色曉雞號。日華遥上赭黃袍。蓮華仙掌雲霄。

〔文〕下官、御史中丞平章軍國大事、宇文融是也。〔裴〕下官、中書少監裴光庭是也。中書監蕭年兄、在京監國。我二人扈駕東行、這是臨潼關外行宮、前面將次鄭州城了、州官乃盧年兄也、〔宇笑〕介〔盧生在此三年、新河報完一事、未經覆勘、好

難的題目哩。［表］此君之才，下官所知，河工必成，
當受上賞。［宇］河成不成，到彼便見。

【繞池遊】［小生扮駕，引老旦高力士，執拂，外副淨扮
宮官，小旦貼扮宮女，執符節，上］黃輿左纛又出三
門道，聽行漏玉鷄。春曉［合］扇影金高日華初照錦
江山，都迴環聖朝。
衆叩頭呼萬歲。［末上］黼帳天臨御路開，離宮清
蹕暫徘徊。幢幡仙千旗出，洶洶山鳴萬乘來。
寡人唐玄宗皇帝是也。車駕東巡洛陽駐蹕潼

關之外、今已早臨、高力士、傳旨起駕、高傳旨行

介

望吾鄉犯仓電轉星搖。旌旗出郊郊。仙公河上誰傳道。三生帝女人悲杳。萬乘親巡到。生上、跪伏介

知陝州州事、前翰林院學士、兼知制誥臣、盧生、領合州官吏、百姓男女、迎駕上問介那知州、可是前日狀元盧生、裴是、上平身、生萬歲萬歲萬萬歲上前面高聳聳的是何物生出關路險、搭有天橋、高力士請升橋、上升介有砥柱望石橋、山川天險出雲

香。離宮湫。帳殿遥。二陵風雨在西崤。

（生）臣盧生謹奏。聖駕巳出潼關。到了河口。請登龍舟。（上）朕記此間。舊是石路。何用龍舟。（生）臣巳開河三百餘里。以備聖駕東遊。（上笑介）有此奇異之事。朕往觀之。（望介）呀。真乃水天一色也。（內鼓吹棹歌女上）（扮力士上）請聖駕登舟。（上登舟介）（生）臣巳選下殿脚采女千人。能爲棹歌。（行介）

【出隊子】（合）君王福耀。君王福耀。鑿破河關一線遥。陰陰楊柳畫蘭橈。越女吳娃別樣嬌。試聽菱歌新

壹青荊
樂叶奇耀

聲恁好。

〔上〕美哉棹歌之女也〔生〕臣妻清河崔氏有牙盤千品獻上〔上〕笑介准卿所奏〔旦〕捧牙盤上同生進酒介〔生〕臣盧生謹獻千秋萬壽之觴

鶯畫眉金盞酌仙桃。滴金莖湛露膏。〔生〕臣膝行而進臨天表。〔旦〕牙盤獻水陸珍肴。菱歌奏洞庭天樂。今朝有幸雲霄裏得近天顏微笑。

〔上〕牙盤所進分賜扈從人等〔生〕領旨起〔旦〕捧盤〔下〕内奏樂介〔上〕前面船隻數千隊奏樂是什麼

餉貞去聲

嗏店平聲

崎音欺
嶇音區

舡生此皆江南糧餉、各路珍奇、逐隊焚香奏他本土之樂（樂上出看、喜介）

【滴滴金】（生）這是白糧船、各路分旗號。還有轉販的貨船也來到。軍民隊隊歡聲動。頂香爐。嗏細樂竝無喧鬧。白忙中、番船上回回跳。（裊合）回回跳唱道是天子開元。河宗獻寶。

（上）二卿知昔日鄭州之路乎、石額崎嶇、江南糧運至此、牛馱車載、萬苦千辛、因此祖宗已來、調撮運稍遲、俺君臣們、巡狩東都就食、不想今日

屹音乙

有此皆盧生之功也、

啄木兒〔上〕他時路、石徑喬。糧運關中車輓勞。怕乾枯瘞地蛟龍。誰撥轉透海金鰲。〔生〕臣盧生謹奏、這新河、望陛下賜以新名〔上〕可賜名永濟河、〔生〕萬歲

裴　君王鑾駕親巡到。新河永濟傳徽號。穩取歲歲江南百萬漕。

〔上〕前岸屹然而立、頭向河南、尾向河北、是何物也〔生〕是鑄成的鐵牛、以鎮水災、〔上〕宣裴光庭卿、長於文翰、可作鐵牛頌、以紀其事、〔裴〕萬歲臣光

才考 崎音地 惡音平

庭謹頌、杳冥精兮混元氣。爐鞴椎牛載厚地。巨靈西撐角峭𡾊。馮夷東流吼滂沛。堅立不動神之至。層隄顧護人所庇。帝賜新河名永濟。玉帛朝宗千萬歲。上笑介奇哉頌也、盧生可勒石河上、銘汝功勞。在萬萬年不小也。生萬歲、

三段子上河源恁高。動天河江潮海潮。詞源恁豪。剪文章金刀筆加。指盧介這柳堤可配甘棠召。指裴介你金牛作頌河清照。眾跪介合便是禹鑿鴻砰。歸功帝堯。

(內馬聲、宇文望介)岸上走馬、有何事情緊急哩、
(丑扮報子、執旗搶背上)星忙來路遠、火速報君知。禀爺、報子叩頭、(宇)有甚軍情、這般惶急、你可喘息定了、慢慢的說來
(子)(卒)邊關上、邊關上、番軍來炒、(宇文)有大將王君奐在哩、(卒)君奐將、君奐將、就中難道、(宇文融)道敢是殺了、(卒)刻下風聞非小、(宇文)有玉門關哩、(卒)敢撞進玉門關、那邊不要、(宇文)不要那邊、難道要這邊、(卒)便要不的、這邊如何便了、

那邊不要亦佳

〔卒下〕〔宇文奏介〕臣宇文融、啟萬歲、有邊報緊急
吐番殺進長城、王君㚟抵敵不過、伏乞聖裁、〔上
驚介〕這等怎生處介〔宇文背笑介〕開河的事、倒
被盧生做了一功、恰好又得這等一個題目處
置他、〔回奏介〕臣看朝中文武、除是盧生之才、可
以前去征討、〔上〕卿言是也、〔生〕兵凶戰危、臣不敢
任、〔上〕寡人知卿、卿不可辭、即拜卿為御史中丞、
兼領河西隴右四道節度使、掛印征西大將軍、
星夜起程、無得遲悞、朕有御衣戰袍一領、賜卿、

此與尋常鮑老催稍異須以幽閨記儒業祖傳襲体唱之

御前穿掛、(高)謝恩、(生)應起介、丑捧盔紅過肩上、

內鼓吹生換戎裝介

鮑老催(衆合)邊事遠難料。教誰去征討。權把個錦將軍粧束俏。汗馬功勞非草草。北尋河外國辛勤較。休得要、休得要、苦死相推調。這是你封侯道。

(生)謝恩介新陞御史中丞、兼領河西隴右四道節度使臣盧生叩頭、(上)平身、卿去朕無西顧之憂矣、(生)萬歲、起介、

尾聲(上)此行不為看花好。專待你捷音來報。管取

或謂崔夫人不宜沿途追赶當其處子挐人招嫁豈良家所爲夢境模糊又無論矣

耀子榮妻在這遭。〔衆隨下〕〔生跪伏介〕臣盧生送駕〔起介〕既然邊關緊急、欽限森嚴、就此起程、不辭夫人而去了、正是昔日饑寒驅我去。今朝富貴逼人來。〔下〕〔旦貼上〕本來銀漢是紅墻。隔得盧家白玉堂。誰與王昌報消息。盡知三十六鴛鴦。梅香、聖駕已行、怎麽這時候、還不見相公回衙、咱和你則索尋去、〔尋介〕呀、怎不見了相公也、

賽觀音我兒夫知何地。記不起清河店兒拋閃下

以下四曲々々佳句臨川能品以此即元人當拜下風矣

急叶市以切

博陵崔氏。(合)一片無情。直恁水流西。

(貼)問介 河涯上的居民人等。見太爺那裏去了、

(內)唐天子命太爺、跨馬征番去了、(旦)哭介 元來如此、

【前腔】爲征夫添憔悴。平沙處。闗河雁低。楊柳外夕陽墮。(合)聽邊馬聲聲。還似畫橋西。

(旦)梅香、咱們趕上去、送他一程、走介

【人月圓】跌着脚教我如何理、把手夫妻離別起、怎生等不得這一會、跨馬征番直恁急。(合)征塵蔽空。

盈盈淚眼。何處追隨。

【貼】趕不上、我們且回州去、再作區處、

【前腔】去則去、要去誰攔你。便婦女軍中頗甚氣。知他今夕何州驛。割不斷夫妻一肚皮。【合】淒涼意。除則是夢中。和你些兒。

【旦】河功就了去邊州。　人不見兮水空流。

【貼】山上有山何處望。　一天明月大刀頭。

第十四折　西諜

【金瓏璁】生引小生、末扮蔣官執刀、淨丑二雜執旗、

引 仙去聲

上河隴逼西番。為兵戈、大將傷殘。爭此一撞破玉門關。君王西顧切。起關東、掛印登壇。長劍倚天山。

〔集唐〕三十登壇衆所尊。紅旗半捲出轅門。前軍已戰交河北。直斬樓蘭報國恩。我盧生、自邠州而來、因河西大將王君㚟與吐番戰死、河隴動搖、朝廷震恐、命下官掛印征西、兵法云、臣主和同、國不可攻、我欲遣一人、往行反間、先除了悉那羅丞相、則龍莽勢孤、不戰而下、此乃機密之事、全在用得其人、訪的軍中有一尖哨、呌做打

一沛本作絳都春未見此曲不以此起者仍改點絳唇爲得

番兒漢、講得三十六國番語、穿回入漢去來、如飛、早已着人去喚他、這些時敢待來也、

（北點絳唇）貼扮小番、單雉尾、包巾、頸上揷旗上、
須水天山、華夷界限、偏這西涼產、直透邊關、也是我野花種、能分辨、

（叩頭介）（生）你就是打番兒漢、你可打的番通的漢麽、

（混江龍）貼起舞旗介、打番兒漢。俺是那打番兒漢。

（生）祖貫是羌種、漢兒種、（貼）論根生土長本南番也。

山曲有可以意爲換者在第二〃〃扭臨川從第一句使懵然特爲竄定以授歌者
黒叶亨義切
白叶巴埋切
咖音伽
佰叶須上聲

沒有的名籍貫。也不支半口糧餉。每日價打盤旋。不離河隴地。長則是順風兒。出沒在悶摩山。小番兒身材輕巧。小番兒嘴舌闌班。小番兒也曾到全同党項。小番兒也曾到那黑海白蘭。小番兒也會一留咖喇的講他鐵里。小番兒也會剔溜秃律的打着山丹。（生）養軍千日、用在一朝、我今日有用你之處、你可去得。（貼）止不過夜行晝伏。怕甚的水宿風餐。（生）如今吐番國。悉那羅丞相。足智多謀、爲我國之害。要你走入番中、做個細作、報與番王、只說

推　退平聲

悉那羅丞相。因番王年老。有謀反之意。好歹教那番王害了他。你去得去不得。（貼）這事大難。大難哩。你教俺穿營入寨。直走上劍樹刀山。將何動憚。着甚通關。（生）但逢着番兵三三兩兩。傳說去。悉那羅丞相謀反。自然彼中疑惑。要甚麽通關呢。（貼）天那。怎教俺兩片皮。把架瀚海的金梁。實丕丕放倒。三寸舌。把鎮胡天的玉柱。赤力力推翻。（生）既然流言難布。我有一計。將千條小紙兒。寫下悉那羅謀反五個字。到彼中遍處粘貼。必成其事。（貼）此計高高

饞音廣

的只是那一千個紙條兒四下裏粘帖時被人看見怎妳生想介這也是俺有一計了打聽番中木葉山下一道泉水流入番王帳殿之中給你竹籤兒一片將一千片樹葉兒刺着悉那羅謀反五個字就如蟲蟻蛀的一般上風頭放去自然流入他帳下只道是天神所使斷然起疑此乃御溝紅葉之計貼妙妙妙小番兒去了也生賞你一道紅十角酒三千貫響鈔買乾糧饞饞去待成事之後賞你千戶告身貼也不用爭馳白馬鐵闢西則消俺

啜昌悅切
攡音離
潺鉏山切

親題紅葉寒江畔。好和叉、要啜賺他、没套數的番王着眼。遲共疾、先央及煞、有商量的流水也、那潺顏、

（生）你那葉兒上寫甚的來、

【尾】（貼）無筆仗、指甲裏使着木刀鑽。有靈心、似蟲蟻兒、猛把書文按。俺也不題着漢宮中無端士女愁。則寫道錦番邦。悉那羅丞相反。（下）

（生）小番兒去的猛、此事必然成功也、一邊整理兵馬、相機而進便了、

氆音普
氌音魯
揩楷平聲

（生）賢豪[illegible]敵國。反間爲上策。
（衆）眼觀旌捷旗。耳聽好消息。

第十五折　[illegible]捷

北南呂一枝花（副淨扮龍莽引小生外末雜執旗上）殺過賀蘭山。血染燕支塞。展開番主界。踏破漢兒牌。氆氌氆登臺。繡帽獅蠻帶。與中華鬭將材。三尺劍。秋水摩揩。七重圍。蓮華寶蓋。

自家熱龍莽、叶番稱大將。撞破玉門關、把定銅符帳、俺如今便待長驅甘涼進窺關隴、則爲俺

國叶音鬼
番將從無唱
此腔者以其
詞為北調故
用之第須帶
唱帶做乃得
合着這兩條
龍翻大海又
搶着看唐家
多大向所住

國中、悉那羅丞相、他智勇雙全、一步九筭、也差、
人商議去了、俺想自古有將必有相、一手怎做、
得天大事也、
【北二犯江兒水】悉羅相國。想起那悉羅相國。俺番
邦都唱采。生的有魁梧儀表。磊落胸懷。好兵書。好
戰策。他和俺搭的來。我有他展的開。一個邊臺。一
個朝階。合着這兩條龍翻大海。（衆）可也怕唐家江
山廣大、人物乖巧、（蕃）漢見恁乖。也不見漢見恁乖。
唐家多大。搶着看唐家多大。恨不的展天山、打破

湩音凍

了漢摩崖。

（老旦扮番卒插令箭、搶背上）報報報、報元帥知道悉那羅丞相謀反、被贊普爺殺了也、（副淨驚介）怎麽說（老旦叫說介）（副淨）誰見來（老旦）菩薩見（副淨）怎生菩薩見、（老旦）元帥不知、本國有本葉山水泉直透我王宮帳、流下有千片葉兒蟲蛀其上、有悉那羅謀反五個字、國王爺見了、差人出山巡視、並無一人、國王爺說道、天神指教、請丞相喫馬湩酒、腦背後、銅鎚一下、腦漿迸流、

搠叶聲卯切

此下原本有北尾今改水底魚下便生末接前調上

此　黯衣減切

副淨驚介這等丞相可不死了老旦便不死也休想還是活的副淨哭介俺的悉那羅丞相阿俺的悉那羅丞相阿淨報介唐家盧元帥大兵殺過來了副淨這等怎生是了整搠兵馬作速向前殺上去

水底魚兵馬蕭蕭愁雲黯戰袍折咱右臂還說甚天驕下

前腔生引淨丑老旦雜執旗上萬弩千刀今年太白高凱歌聲奏金鞭和鐙敲

廝音斯

自家奉詔征番用智殺了番相悉那羅此時番將勢孤膽已寒矣分付三軍奮勇殺向前去副淨引衆唱前末二句上見介副淨來將何人生大唐盧元帥副淨認的咱龍莽將軍麽生正要認的你纔好拿你哩副淨你有王君㚟那厮手段麽生笑介你家悉那羅那厮何在戰介番將敗下又上戰番將敗下介生領衆殺上熱龍莽敗走了我軍星夜趕上遇城收城遇鎮收鎮殺出陽關西去唱前凱歌二句下

番將戰時用北脫布衫上又重起調倏忽南倏而北亦不相妨唯知音者識之

〔北脫布衫〕〔番領敗兵走上〕盧生好狠也盧生好狠也、想當初壯氣麤豪。把唐家看的虛囂。到如今戰敗而逃。可正是一報還一報。〔坐下介〕把都兒俺統兵二十餘載、橫行塞上、誰敢抵當、不料被盧生這廝、殺的片甲無存、怎好歸去見俺郎主〔望做咬腳跟介〕〔內鑼鼓報介〕大唐兵馬殺來了〔也副淨衆起介〕走走走〔副淨勒馬向古門介〕那來的休趕休趕、

〔豹子令〕萬丈旄頭氣不消。〔合〕氣不消。〔副淨〕枉了俺

帝見邑人

香囊

兀术唱此甚為吳中稱賞故予改其小梁州作豹子令

那音挪

沙場百戰有功勞。（合）有功勞。（副淨）却被今日盧生一陣掃。落的拋盔棄甲往前逃。（合）往前逃。有何面目出蘭皋。

（副淨做跌腳叫介）天天天那、

前腔屈把那羅來殺了、（合）來殺了、（副淨）怎知戰敗有今朝。（合）有今朝。（副淨）遙望穹廬急難到。但見兵風血雨暗周遭。（合）暗周遭。（副淨）只得傳書鴈足且求饒。

罷了罷了、數里之外、便是祁連山、乃胡漢交界、

去處、待我裂帛爲書、繫於鴈足之上、央他放我

一條歸路、萬一盧生看見、收兵回去、未可知也、

（内鳴鑼衆驚走）（副淨彎弓向古門做欲射介）俺

蟄龍蟒在此、你來你來、

（副淨）走上天山一看、殺氣無邊無岸、

（衆）做了擷彈斑鳩、說與寄書胡鴈、

邯鄲記卷上終

邯鄲記

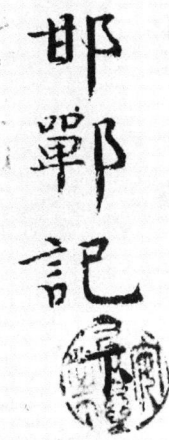

咆音袍
哮音梟

邯鄲記卷下

第十六折 勒功

夜行船引 生引小生末扮將官、外淨二雜扮小軍上 紫塞長驅。飛虎豹。擁貔貅。萬里咆哮。黑月陰山。黃雲白草。是萬里封侯故道。

日落轅門鼓角鳴。千羣面縛出番城。洗兵魚海雲迎陣。秣馬龍堆月照營。我盧生、總領勝兵十萬殺出陽關、一面飛書奏捷一面乘勝長驅至此、將次千里之程、深入吐番之境但兵法虛虛

二曲統點竄數字唱便合調

[illegible]音要

實實且龍莽號爲知兵、恐有埋伏、不免一路打圍而去、直拿倒了龍莽、方好班師、衆應行介

惜奴嬌生大展龍韜、看玉門之外、沙塞飄搖、小生末將軍令、驟雨驚風來到、迢迢千里邊城、遍插大唐旗號、合非小看、畫上漢塞秦關、廣長多少、

淨報介前面黑坳兒內飛鴉驚起、恐有伏兵、生是也、上有黑雲、下有伏兵、快搜剿前去、丑副淨老旦貼扮小番殺出介煞嘛嘛克喇喇戰介番敗走下介生此賊幾乎中他之計、衆諒他小小、

雹叶音暴

落叶音澇

何足道哉、

黑麻序〔小生末〕難饒、點點腥臊、費龍爭虎鬭。一番搜勦。看風行草偃。殺的零星飛雹。〔生〕蕭條、流血漾平皋。腥風吹戰袍。〔鴈叫介〕〔生〕取弓過來、〔做射介〕鴈雲高、試扣響雕弓、風前橫落、

〔衆唱采拿鴈介〕稟元帥、鴈足之上、帶有數行帛書、〔生看介〕此地是天山、天分漢與番、莫教飛鳥盡、留取報恩環、〔做背介〕此詩乃熱龍莽求我班師、莫教飛鳥盡、留取報恩環、是了、飛鳥盡、良弓

本有園林
蝴蝶夢

藏、看來龍葬、也是一條好漢、且留着他〔生〕介、此山名為何山〔眾〕是天山〔生〕玉門關過來多少〔眾〕九百九十九里、〔生〕怎生少一里、〔眾〕天山上一片石、占了一里〔生〕從來有人征戰至此者乎〔眾〕從古未有、〔生〕笑介怪的古詩云空留一片石萬古在天山吾今起自書生仗聖主威靈、破虜至此足矣、眾軍校可磨削天山一片石紀功而還〔眾〕應削石介〔生〕待我題名、念介大唐天子、命將征西、出塞千里、斬虜百萬、至于天山、勒石而還、備

[illegible]

[illegible]

此須用散套

[illegible]滄梅花[illegible]

[illegible]杏梅

鎮萬古、永永無極、開元某年某月某日、征西大元帥、邯鄲盧生題。放筆笑介 衆軍校、千秋萬歲後、以盧生爲何如人、小生末 元帥這一場大功、端的古今無比、生 題便題了、我則怕蒼苔風雨、石裂山崩、那時可不洪沒了我的功勞、小生末 聖天子萬靈擁護、大將軍八面威風、自然萬古鮮明、千秋燦爛、元帥不必過慮、

忒忒令 衆合 上題着大唐年、開元聖朝、下題着、大元帥、征西爵號、料天山片石長是好。風和雨寧便

妥鬬巧俏之若如常調則前後皆不叶矣

疊下有沉醉東風錦花香一曲並删

鈔。便做到沒字碑。把前朝也磨認了。（丑扮報子上）故國山河潤。新恩日月高。稟老爺、聖上看了捷書、舉朝文武、大宴三日、封老爺定西侯、食邑三千戶、欽取還朝、加太子太保兵部尚書、同平章軍國大事、聖旨差官迎取、早晚就到、望老爺即便班師、（生）聞此聖恩、便當不俟駕而回、但塞外之事、須要處置停當、自天山至陽關、千里之內、起三座大城、使他亭障連接、無事則屯田養馬、有事則聲援策應、不許有違、（衆應

處叶音桃

鴛央煞尾唯北雙調有之臨川誤甚矣今改尾聲

（介）生行（介）

錦水棹（生衆合）陽關道。難輕造。長安道。重回到。落的個萬里風沙。朱顔半凋。把從軍苦樂。自量度。聽了些孤鴈横秋。畫角連宵。金鉦奏。畫鼓敲。嘶風戰馬歸鞍蹻。人爭看霍嫖姚。留不住漢班超。（鼓吹介）

尾聲轅門金鼓連天鬧。（小生末）擁定個出塞將軍入漢朝。（生）則要把數載功名記的牢。

（生）許國從來徹廟堂。　連年不爲在疆場。

（小生）將軍天上封侯印　（末）御史臺中異姓王。

第十七折　聞喜

（桃源憶故人）（旦引老旦貼上）盧郎未老因緣大。贅居崔氏清河。夫貴妻榮堪賀。忽地把人分破。（合）問天、天方便些兒個。歸到畫堂清妥。

（長相思）博陵崔、清河崔、昔日崔徽今又徽、今生情爲誰、去關西、渡河西、南望相思北也思、丁東風馬兒嬷嬷、一從盧郎征西、杳無音信、不知彼中征戰若何、（老）老爺仗皇家福力、必然得勝而歸、則是姐姐消瘦了幾分也、

臞菴評

此曲止見破窰記紅粧艷質其第二曲大止江頭金桂腔也不知夜雨打梧桐其名何自原本四曲今刪其半詞中亦多改竄

攤破金字令〔旦〕不茶不飯。所事慵粧裹。老公他做了這樣大官、苦他怎的、〔旦〕為官身跋涉。把家室成抛躲。遠路風塵。如今怎麼。則為他人才得過。聰明又頗好、功名兩字生折磨、春光去了呵。春光去了呵。秋光即漸多。〔合〕扇掩輕羅。淚點層波。則為他着人見、那些情意可、

〔老〕梅香、取排簫絃子、鼓弄一番、和夫人消遣則個、貼取絃子介、〔旦〕誰耐煩弄他、將的去、

夜雨打梧桐非是我抛絃索、懶去和、為別思撇闘

河閃雙蛾守着翠屏深坐〔貼〕我和你到前門去望望倘有邊報亦未可知〔旦〕這個也是敞出望〔介〕雖則芳年未老幽恨偏多聽青青子兒誰唱歌把歸期暗數數的指尖掐破盼他則個〔合〕待騰那這白日猶閒可到黃昏怎奈何

〔小生扮將官上〕羽檄飛三捷恩光下九重報上夫人老爺用兵得勝飛奏朝廷萬歲十分歡喜着大小文武官員宴賀三日封老爺為定西侯食邑三千戶馬上差官欽取還朝掌理兵部尚

天來大喜音熱壞我耳朶趣佳

書加太子太保同平章軍國大事蚤晚見朝差

（末）將特來報知（旦）這等謝天謝地

【尾聲】惟道是喜蛛見頭上頻頻墮天來大喜音熱

壞我耳朶（合）安排着十里笙歌接待他

（旦）去時見女悲　歸來笳鼓競

（老旦）借問行路人　（貼）何如霍去病

第十八折　飛語

【秋夜月】（淨引末扮堂候丑雜執棍上）駟馬車纔下

的這東華路但是官寮都俯伏有一班兒不睹事

文毋譖盧輒云尋個處置盍哉時有生

難容恕（笑介）敢今番可圖、敢今番可圖、深喜吾皇聽不聽、一朝偏信宇文融、今生不要尋冤業、無奈前生作耗蟲、自家宇文融、當朝首相、數年前、狀元盧生、不肯拜我門下、心常恨之、尋了一個開河的題目處置他、他倒奏了功、開河三百里、我只得又尋個西番征戰的題目處置他、他又奏了功、開邊一千里、聖上封為定西侯、加太子太保、兼兵部尚書、還朝同平章軍國事、到如今再沒有第三箇題目了、沈吟數月、潛

家金錢不少猶不肯鑽刺守丈者何也人謂臨川好為傷時之論于此益見

遣腹心之人、訪緝他陰事、說他賄賂番將、伴輸賣陣、虛作軍功、到得天山地方鴈足之上、開了番將私書、自言自語、卽刻收兵、不行追趕、（笑介）此非通番賣國之明驗乎、把這一個題目下落他、再動不得手了、我已草下奏稿在此、只爲近日、蕭嵩同平章事、本上要他簽押、恐有異同、我已排下機謀、等他到來、一同奏上便了、

【西江月】（蕭引副淨、雜執棍上、）同在中書相府、平章兩字何如、（笑介）喜盧生歸到、握兵符、和咱雙成玉

杜。

蕭平明登紫閣。淨日宴下彤闈。蕭擾擾朝中子。淨徒勞歌是非。蕭老平章、是非從何而起、淨笑介你還不知、滿朝說盧生、通番賣國、大逆當誅若不奏知、干連政府、蕭怎有這說話來、淨你說他爲何到了天山、竟然轉馬、原來與番將熱龍莽交通賄賂、接受私書、蕭盧生是有功之臣、未可造次、

八聲甘州淨笑介他欺君賣主。勾連外國。漏泄機

說〔蕭〕怕沒有這事、此乃番將聞風遠遁、成此大功也、〔淨〕那龍莽呵、拋戈棄甲。就裏却是佯輸、〔蕭〕那龍莽兵已敗矣、豈有佯輸之理、〔淨〕既不然、兵臨虜穴乘勝取爲甚天山看帛書。〔合〕躊躕這事體。非小可之圖。

前腔〔蕭〕有無這中間緣故、隔邊庭窵遠、要審真虛。〔淨〕既不然、得了番書、合當奏上、〔蕭〕那將在軍中呵、隨機進止。況收復千里邊隅。〔淨〕怒介、若不奏知、連你也朋黨欺君了、〔蕭〕我甘爲朋黨相勸阻。肯坐看

寫笑阱深亦姦人常事耳

忠臣枉受誅（合前）

（淨笑介）原來你爲同年、不爲朝廷、這事我已做下、有本稿在此、你看、（蕭看念介）中書省平章軍國大事臣宇文融、同平章事、門下侍郎臣蕭嵩、一本爲誅姦將事、有前征西節度使、今封定西侯、兼兵部尚書、同平章軍國事、盧生與番將熱龍莽交通獻賂、龍莽佯敗而歸、盧生假張功伐、到於天山地方、擅接龍莽私書、不行追勦、通番賣國、其罪當誅、臣融臣嵩謹奏、呀、這等重大事

刃去聲

[illegible]蕭嵩花押此[illegible]語臨川已意[illegible]亦淺矣

情、老平章不先通知書知朦朧具奏、雖然如此、也要下官肯押花字〔淨怒介〕蕭嵩你敢叫三聲不押花字麽〔蕭叫三聲不押介〕〔淨笑介〕好膽量叫中書科、取過筆來、添你一個通同賣國四字、待你伸訴去〔蕭背歎介〕同刃相推、俱入禍門、此事非可以口舌爭之、下官表字一忠、平時奏本花押、草作一忠二字、今日使些智術、於花押上一字之下、加他兩點、做個不忠二字、向後可以相機而行、〔回介〕老平章息怒、下官情願押花、押

一　券音勸

邯鄲記　卷下　九

〔介淨笑介〕我說你沒有這大膽、明日早朝、齊班奏去、

〔蕭〕功臣不可誣。〔宇〕姦黨必須誅。

〔蕭〕有恨非君子。〔宇〕無毒不丈夫。

第十九折　死竄

〔旦引老旦貼上〕鐵券山河國。金牌將相家。奴家崔氏是也、我相公領謝天恩、位兼將相、欽賜府第一區、朱門畫戟、紫閣雕簷、昔因邊功重大、以致朝禮尊隆、你說相公便是爲妻子的、說來驚

賺陰去聲

天動地、奴家是一品夫人、養下孩兒、但是長般
都與了恩廕、好生榮耀、如今老爺早朝去了、不
免整備酒筵伺候、

賞花時本北調楔子也今作引子唱上段省其一

【仙呂賞花時】【生】引末扮堂候、丑雜執棍上、路轉東
華倚翠華、珮玉鳴金宰相家、新築舊堤沙、非同戲
耍、春色御溝花、
【見介】【旦】相公朝回、奴家開了皇封御酒、與相公
把一杯、【生】生受了、內作樂介、俺先與夫人對飲
數杯、要連聲叫乾、不乾者罰一杯、【堂候稟介】稟

爾時崔夫人年亦四十外矣觀誤快折

有半老尚多嬌句可見乃盧生自多謊語豈張京兆所謂閨門之內夫婦之私更有甚于畫眉者一筆削之

起語佳

雜叶音咱

而叶咱上聲

踏叶當加切

[illegible]叶去聲

邯鄲記　卷下　十

老爺、外面人馬自東華門出來、塡街塞巷、好生喧鬧、不知何故、（生）且由他、俺與夫人只飲酒便了、（小生扮兒子慌上介）老爺、奶奶、外面人馬鎗刀、齊濟排排、將近府門來也、（生驚起介）

【北黃鍾醉花陰】這些時直宿朝房夢喧雜、整日價紅圍翠匝、鈴閣遠、靜無譁、是潭潭相府人家、敢邊廂大行踏、（内呼喝叫拿介）（生）不住的叫拿、拿、敢是地方、走了賊、反了獄、既不呵、怎的響刀鎗人鬧馬、

（外副淨扮官校持令旨牌、淨雜執索上叫拿介）

[illegible]音戲

（貼老旦驚上）（生作怒介）誰敢無禮

南畫眉序（外副淨）聖旨着拿（生）是駕上差來的

了（外副淨）奏發中書到門下（生）門下是誰（外副淨）

竟收拿公相此外無他（生驚介）原來是差拿本爵

所犯何罪（外副淨）中書宇文丞相奏老爺罪重哩

這犯由不比常科干繫着重情軍法（生）有何負國

而至於斯（外副淨）現有駕帖在此跪聽宣讀（生旦

跪介）（副淨）奉聖旨前節度使盧生交通番將圖謀

不軌即刻拿赴雲陽市明正典刑不許違誤欽此

發叶方雅切

省可的慢打商量到晚衙遲和疾斷刀一下並佳

倒叶多寡

生旦叩頭起哭叫天介波查禍起天來大。怎泣奏當今鑾駕。

生這事情怎的起呵、

北喜遷鶯走的來風馳雷發。半空中沒個根芽。待我商奏訴冤、衆鬧上朝門了、生爭也麽差、着俺當朝闌駕、你省可的慢打商量且退衙、衆有旨不容退衙、生哭介夫人夫人夫人、吾家本山東有良田數頃、足以禦寒餧、何苦求祿、而今及此、思復衣短裘、乘青駒、行邯鄲道中、不可得矣、取佩刀來自裁倒、旦

[illegible]二句語佳

作自刎介（衆）聖旨不准自裁、要明正典刑哩、（生）是了、是了、大臣生也明白、死也明白、夫人領這些業畜、午門前叫寃、俺市曹去也、遲和疾剮刀一下。便違聖旨。除死無加。（下）

（老旦高力士上、）吾爲高力士、誰救老尚書、今日爲斬功臣、閉了正殿、看有甚麽官員奏事來、（旦同兒小生貼上、）相公市曹去了、我牽兒子、午門叫寃去、十步當一步、前面是正陽門了、叫介、萬歲爺爺寃苦阿、（高）萬歲爺、爲斬功臣、掩了正殿、

南曲亦佳

誰敢囉唣【旦】奴家是盧生之妻、誥封一品夫人崔氏、領這一班兒子、來此叫冤【高背歎介】滿朝文武、要他妻兒叫冤、可憐人也、【回介】盧夫人有何冤枉、就此鋪宣、【旦叩頭介】萬歲萬歲萬萬歲、臣妾崔氏訟冤、

【南畫眉序】宿世舊冤家。當把盧生活坑煞。有甚駕前所犯。喫幾金瓜。把通番罪名牆加。謀叛事關天怎耍。【合】波查禍起天來大。敢泣奏當今鑾駕。

【高歎介】可憐可憐、你在此候著、俺即當替你轉

達天聽【旦】在此撮土爲香禱告大地【拜介】崔氏在此叫寃天阿只願撥轉聖人龍威超拔見夫狗命怎麽高公公去了這許多時還不見傳旨【高同末裴光庭上】聖旨到既盧生有寃着裴光庭領赦往雲陽市免其死罪謝恩【高】做灑淚【介】可憐可憐哭鶴無情聽啼烏有赦來【下】内鑼鼓【介】外副淨丑雜扮劊子押生囚服褁頭上

刹叶抽鮮切

北出隊子【生】排列着飛天羅刹【丑】雜劊子尖刀向前叩頭介【生】什麽人【劊】是伏事老爺的劊子手【生】

此曲全似元

人下有以篇劊之

三醮字奇

怕（介）嚇煞俺也看了他捧刀尖勢不佳（劊）有個一字旗兒稟老爺插上（生看介）是個甚麼字（衆）是箇斬字（生）恭謝天恩了盧生只道是千刀萬剮却只賜一箇斬字兒領戴領戴（內鑼鼓插旗介）（生）蓬席之下酒筵爲何而設（衆）光祿寺擺有御賜四筵一樣插花茶飯（生）是了這旗呵當了引魂旛帽插宮花鑼鼓呵當了引路笙歌赴晩衙這席面呵當了個施餕口的功臣筵上鮓

（衆）趂早受用些是時候了（生）朝家茶飯罪臣也

角叶音皎　罰叶扶打切　儍音洒　[illegible]叶否寡　伐叶扶打切　髮叶[illegible]　亦佳茅有一

也喫勾了、則黃泉無酒店沽酒向誰家、罪臣跪
領聖恩一杯酒、跪飲介內鑼鼓介生起介前面
旛竿何處（衆）西角頭了、
南澗溜子旛竿下、旛竿下、立標爲罰、是雲陽市、雲
陽市、風流儍角、休說老爺一位、少甚文勳武伐多
是那套頭兒稱孤道寡、劊用膠水摩生髮介休攧
着我明愰愰尖刀吹毛斷髮。
北刮地風生惱介呀、討不的怒發衝冠兩鬢花。劊
做摩生頸介老爺頸子嫩、不受苦、生哎把似你試

邯鄲記　卷下　十四

二不叶處今改定

領含去聲

音袂

刀痕俺頸玉無瑕雲陽市好一抹凌烟畫（衆）老爺也曾殺人來麼（生）哎俺也曾施軍令斬首如麻領頭軍該到咱（衆）這是落魂橋了（生）幾年間回首京華到了這落魂橋下（內吹喇叭）（劊子搖旗介）時候了請老爺生天（生笑介）則你這狠夜叉會磕牙甚生天斷頭閒話再休想片時刻得爭差把虎頭燕頷高懸掛怕血淋浸展污了袍花

（內風起介）（劊）好大風刮的這黃沙瞇了眼也哎喲老爺的頸子在那裏（摩介）有了老爺挺着（生）

𢮁叶邢鄲切
唬音夏

低頭劊子手輪刀介內急叫介聖旨到刀下留人、裴領旨同旦急上

南雙聲子天恩大天恩大嗚冤鼓由人打皇宣下皇宣下雲陽市誰提𢮁省刑罰唬驚謊一刻緩見故人刀下

裴宣詔介聖旨到盧生罪當萬死朕體上天好生之德量免一刀謫去廣南鬼門關安置不許項刻停留謝恩放綁介生倒地叩頭萬歲介生受聖人大恩來者是誰裴是小弟裴光庭生賢

嵌音險
抹叶音罵

老蕭何也放的下淮陰胯[illegible]憐殺將軍[illegible]馬飛佳

叫賢弟、俺的頭可有也〔裴〕待我瞧、〔瞧了拍介〕老年兄、好一個壽星頭、〔北四門子〕〔生〕猛魂靈寄在刀頭下。荷荷荷、還把俺嵌頭顱手自抹。〔裴〕年兄、俺開口相問、奏本秉筆者宇文公也、要蕭年兄肯畫知〔歎介〕也要他題知斬字連名下。伴中書怎押花。〔裴〕敢蕭年兄不知〔生〕這也難道、這也難道、則怕老蕭何。也放的下這淮陰胯。〔歎介〕看了些法場上的沙。血場上的花。可憐煞將軍戰馬。

徒亂人意用辭綜事佳

（裴）年兄與年嫂在此叙別小弟回聖人話去也小心烟瘴地回頭雨露天（下）（旦哭介）奴家有一壺酒一來和你壓驚二來就做餞行（副淨持巾服丑持酒上）（與生換衣介）（生）那人見過那些御囚茶飯早醉飽了也就此與夫人告別（旦）兒子都隨着裴叔叔到午門前叩頭去了等他來瞧一瞧去（生）由他由他他來徒亂人意倒不要他來相見罷了（旦哭看酒介）（生）天阿這一杯酒也略盡我妻子之情

唏音希
嚇叶音夏
猾叶呼馬切
此在南曲中是稍上乘矣

【南鮑老催】唏唏嚇嚇、（生舉杯做手戰潑翻介旦）戰兢兢把不住臺盤滑。撲生生遍體寒毛乍。吸廝廝、哭的個聲乾啞。（內鼓介）有旨着五城、催促罪犯不可久停、快行快行、（小生貼兒子哭上）我的爺阿（旦）這都是你兒子、怎下的撇了他去也（生）你婦人家不知、朝廷說我圖謀不軌、如今安置我在鬼門關外罪配之人、限時限刻、天阿、人非土木、誰忍骨肉生離、則怕累了賢妻、害了這幾個業種、反爲不便、（兒扯介）我們陪伴老爺同去（生）去不得、兒、（旦哭介）

搭叶音大 劉叶莊禾切 搭叶湯打切

眼中兒女空釣搭。腳頭夫婦難存劉。同死去做一搭。

（旦悶倒生扯介）

北水仙子（生）呀呀呀哭壞了他。扯扯扯扯起他且休把望夫山立着化。（衆兒哭介）（生）苦苦苦苦的這男女煎喳。痛痛痛痛的俺肝腸激亂。我我我瘴江邊。死沒了渣。你你你、做夫人、守着生寡。（旦）你再瞧瞧兒子麽。（生）罷罷罷罷兒女塲中。替不的咱。好好好這三言半語。告了君王假。俺去了、（旦哭介）相公、那

你你你做夫人守着生寡罷〻〻兒女場中替不得咱並佳

末句是子歐以說腔臨川謂何如

裏去（生）去去去、去那無鴈處海天涯。
（虛下）（旦哭介）兒子回去罷、難道爲妻子的、不送
上他一程、
南雙鬭鷄君恩免殺。奴心似剮。沒個人兒和他和
他把包袱打柱。自有大臣身價。到頭來也沒法。
（生上見介）（夫人）你怎生又趕上來、（旦）爲你沒個
伴當、放心不下、我袖了半截銀錁子、等你拿去、
路上雇覓一個、（生）罪人誰敢相近、我自覓食而
行、你還拿這半截錁子回去、買柴糴米、休餉苦

北稱旦末雙全蓋謂有唱有做叫新褐之

精用髮相思惹淚

了兒女呵

北尾罪人家。雇不出個人兒罷。我還怕的有、別樣

施行咱。夫人夫人、你則索耐心兒守着。我萬里生

還入朝馬。（下）

（夫人哭介）我的天那

十大功勞誤宰臣。鬼門關外一孤身。

流淚眼觀流淚眼。斷腸人送斷腸人。

第二十折 讒快

縷縷金（宮）文引小生、扮堂候官。丑雜執棍上。口裏

一說盧生巧落自圈套此字極改比原詞覺勝

蜜腹中刀兼雄誰似我、是英豪人說盧生巧落咱圈套、一萬重煙瘴怎生逃家門盡休了家門盡休了

我宇文融一不做二不休盧生那廝開河三百里開邊一千里可謂扶天翊聖大功臣矣被我奏他通番謀叛押斬市曹可恨他妻子清河崔氏奏免其死竄居海南烟瘴地方那裏有個鬼門關怎生活的去也中吾計也中吾計也則那崔氏雖一婦人留在外邊還怕有他蕭裴同年撥

罡生事、我昨密奏一本、崔氏乃叛臣之妻、當沒
爲官婢、其子叛臣之種、俱應竄去遠方、聖旨准
奏、其子隨便居住、崔氏沒入外機坊織作、得了
此旨、我即刻差京城巡捉使、星夜將崔氏囚之
機坊將他兒子、撚出京城去、這早晚當來回話
也、（副淨扮大使上）兼充五城使、未入九流官、冥
老爺回話、（宇上）拿崔氏到機坊去了麽、（副淨）容禀、
（黃鶯兒）半老尚多嬌。聽拘拿粉淚飄。我穿通駕上
人驚倒。家私盡抄。兒女盡逃。則一名犯婦今收到。

不增此一曲宇文相伺以下[illegible]

〔合〕莫輕饒。把冤家打散。永絕禍根苗。

前腔〔宇〕我權勢正當朝。不除他、恨怎消。雖然是鬼門關外生還少。他還有同年是蕭中官是高萬一個回天轉日重宣召。〔合前〕

〔宇〕你這個官兒儘也能事、記你二功、送吏部紀錄去〔副淨叩頭介〕謝老爺擡舉、

〔宇〕殺人須見血、　做人須要徹、

〔副淨〕都是會中人、　不勞言下說、

第二十一齣　備苦

賺去聲　頦音孩

丑扮賊上、臉上幾根毛、僭號鬼頭刀、小子運州人、一生剪徑、這幾日空閒、有個兄弟在古梅村、尋他幹事去、行介、兄弟在家麽、淨扮賊上、半生光浪蕩、混名下剔上、丑、怎生叫做下剔上、淨、但是討寶沒有的、不管死活、從頦下一剔剔上去、丑、快當快當兄弟、這幾日空過、怎好、內虎吼介、淨、虎來了、和哥哥前路等人去、誰知虎狠外、更有狠心人、下、生傘上、行路難、行路難、不在水、不在山、朝承恩暮賜死、行路難、有如此、我盧生身

衆音爺

凌雲臺二句佳

居將相、立下十大功勞、免死投荒、無人敢近、一路乞食而來、直到灃州、州守同年、偷送一個小厮、小名呆打孩、擔負而來、過了連州地方、與廣東接界、只得拚命前去、那小厮也走動些兒、（叫介）呆打孩、呆打孩、（副淨扮童擔上）走乏了、東人挑了去、（生）你再挑一程兒麽、（行介）

（江兒水）眼見得身難濟、路怎熬。凌雲臺畫不到風塵貌。玉門關想不上崖州道。（童）稟領上、黑碌碌的一大古子來了、（生）呀、那是瘴氣頭、號爲瘴母、（嘆介）

[illegible]

原本作忒忒令乃慢板曲赶見虎時豈暇唱此故予改五供養且使後曲接調

黑碌碌瘴影天籠罩。和你護着嘴鼻過去、未介、行了、瘴頭過了、(童)又一個瘴頭、(生)怎了怎了、這裏有天難靠。北地裏堅牢。偏到的南方壽夭。(内虎嘯介、童哭介)哎喲、大蟲來了、(生)着了瘴麽、有甚麽大蟲、(童)那不是大蟲、(虎跳上、生驚介)天那、

五供養這是山猫野豹。只見他白額金睛。跳擲咆哮。鋼牙如列戟。利爪似排刀。古語云、刀不斬無罪之漢、虎不吃無肉之人、咱盧生身上無肉、你要喫

弱叶饒上聲

獒音敖

黃羅凉傘等句皆是醒悟語

他怎的(末)呆打孩一㾭瘦哩(生)則我這書生瘦弱。怎做得一飡東道。定不是救劉備的驢馬。多敢則撲趙盾小神獒。虎做撲介(生)兩次三迴。意見不好。虎有三步打待咱張起傘來(張傘作鬪介)虎咬童下(生哭介)呀大蟲拖去呆打孩了且獨自行去(行介)我閒想起來朝中黃羅凉傘不能勾遮護我身這一把破雨傘倒遮了我身滿朝受恩之人不能替我的命倒是呆打孩替了我命看來萬物也有緣哩(丑淨持刀趕上)漢子那裏去

饕刀叨

（生驚介）往海南的（丑）討寶來討寶來（生）貧于方

甚麽寶

前腔雨衣風帽。念盧生出仕在朝。（淨）在朝一發有寶了。（生）此些須爵有寶盡被虎狼饕。（丑）難道老虎連金銀都喫去了。討打。（刀背打介）（生）不要打。小生也是個有意思的人。（淨）要你有意思做甚麽。（生）小生是個有功勞之人。（丑）功勞中甚用。討寶來。（生歎介）咳我想諸餘不要。則要那買身錢。荷包怎討。誰人知意思。何處顯功勞。罵你一聲黑心賊盜。

盧生受苦此亦足矣又濕淋得脫便覔頭脫太冬烘並曲削之

丑沒有寶又罵我做賊只是剮上殺了罷殺生介生作死介淨前生有今日來歲是周年下生醒介哎喲這頸子歪一邊去怎麼這等濕淋浸的摸頸看介是血哩呀元來在我頦下抹了一刀喜的不曾斷喉且把血來轉乾了掙上這前面亭子去將息一將息做到跌倒介小生老旦貼雜扮衆鬼上隨意舞耍介外扮天曹上衆鬼不得無禮呀此人怎有血腥氣看介原來頦下刀傷將我一股髭鬚替他塞了刀口衆鬼替撏鬚

髓桑猜切

塞口諢介天曹盧生聽我分付二十年丞相府、一千日鬼門關下生醒介哎呦、好不多的鬼也、分明一人將鬍鬚塞了頦下刀口、又報我二十年丞相府、一千日鬼門關、呀、真個長出鬍子了、丑淨扮二樵夫、繩扛打歌上、打柴打柴打打子柴、葛鬼堂前一樹槐、生驚介又兩個鬼來了、樵是黑鬼、生一發唬殺我也、樵我們是這崖州蠻戶、生來骨髓都黑、因此州裏人都叫做黑鬼、我是砍柴的、不是鬼、生原來這等、你這裏白石有

硐音洞
扈音戶

鬼、瞧你不看亭子上金字哩、（生看念介）呀盧生、到了鬼門關、眼見無活的人也、（樵）你是何等人、自來送死、（生）我是大唐功臣、流配來此、（樵）州裏多見人說、有大官官起來、不許他官房住坐、連民房也不許借他、（生）好苦阿、（樵）可憐可憐、到我硐房裏住罷、（生）怎生叫做硐房、（樵）你是不知這鬼門關、大小鬼約有四萬八千、但是颶風起時、白日裏出來跳舞、又會迷人、這些鬼、矮的離地三寸、高的不上一丈、莫說是你別處來的、便是

臺閣尚不堪安身倒向碼房借住正與前黃羅傘意合曲亦省其一耶點景而已

我這裏居民在下面住、被鬼打攪的慌、只得依傍山崖樹杪、架些排欄、夜間護着個四德狗子、睡、(生)怎生叫四德狗子、(樵)他一德咬賊、二德咬野獸、三德咬老鼠、四德咬鬼、(生)罷了罷了、沒奈何、只護着狗子睡便了、但我被傷之人、硼不上去、怎好、(樵)有有有、我挑柴的繩子、擡你去、(擡介、)

(清江引)八人擡坌煞團花轎、這樣還波俏、草繩繫着腰。黒鬼梭梭跳。這便是老平章。到頭的受用了。

第二十二折 織恨

使去聲下做此

〔副淨〕扮機坊大使官上、平生不作皺眉事。天下應無切齒人。自家京城巡捉使、爲因盧尚書通番謀叛、竄去海南烟瘴地方、他夫人係叛臣之妻、沒爲官奴、發到外機坊織造、兒子們不許京城居住、都撚出城去了、那因的是我拿來遣的是我撚去、因此有功、陞做外織作坊一個大使、皆宇文老爺之恩也、老爺還放不過盧家、但是他夫人織造粗惡、未完事件、都要我處置他想起來、他也是個一品夫人、大使官多大、好夫、受辱他、想介有計了、督造太監將到、撫掇他去凌辱便了、丑扮內官引末、雜執棍上、本是南內押班使、帶作西頭供奉官、吾乃掌管織造、穿宮內使便是、好幾時不曾下局大使何在、副淨見介、公公下局小官整備茶飯伺候、丑你知近日、朝廷有大喜事麼、副淨小官不知、丑乃是吐番國、降順中華、帶領西番一十六國侍子來朝、所費錦段賞犒不貲、故來催儹、你可知道麼、副淨小官知道了、只是外機坊錢糧有限、無可孝敬公

[illegible]宋夫聲

公丑惱介不孝敬公公你多大孫子哩副淨不敢說有一場大孝敬只要老公公消受得丑甚麼大孝敬副淨老公公這幾時不到此間有個織婦係盧尚書妻小那尚書積慣通番得來的寶玉珍珠都在那妻子手裏丑難道他雙手送來副淨馬不吊不肥人不吊不招吊將起來就招了丑我內家人心慈副淨小官打耳瞇子丑五看憑仗太監公公欺負盧家媽媽暫下

皷齊陣旦貼抱錦上一旦內家奴婢十年相國夫

織處寸腸桃盡語佳
咿音伊
軋音押
孀人嬌試置詩餘中亦不減秦淮海也
邈音莫

人。零落歸坊。淋漓當戶。織處寸腸挑盡。怎禁得咿軋機中語。待學個回環錦上文。天那、啼殘雙翠顰。

（孀人嬌）小纖機坊。烟鎖幾重簾箔。挑燈罷停梭。夢着流人江嶺。半夜歸來飄泊。宮墻近也。又被啼烏驚覺。

（貼）望斷銀河心緬邈。恨蓬首居然織作。天寒翠袖。試絲鴛鴦雙掠。正脉脉秦川。迴文淚落。

（旦）奴家盧尚書之妻、清河崔氏、見夫罪投烟瘴、奴家沒入機房、止許梅香一人相隨、暗想相公在朝、夫榮妻貴、府堂之內、奴婢數百餘人、怒

邯鄲記　卷一　二六

此見幽閨記天不念曲本旨難唱而臨川句字尤多舛謬今改正

問天天怎昨日今朝今朝來似兩人是當行語

盡金貂、婢皆文繡、誰知一旦時事變遷、這也不在話下了、只是夫離子散、好不傷心也、

【漁家傲】機房靜、織婦思夫痛子身。海南路歎、孔雀孤飛。海圖難認。（貼）待織出雙鴛宮樣錦。細細的商量分寸。（旦）還說甚翠繞珠圍。權厮守荊釵布裙。（合）問天天、怎昨日今朝。今朝來似兩人。

（旦）在此三年、滿朝仕宦沒一個肯替相公表白冤情的、好可憐人也、（貼）夫人何不學那織錦迴文、獻上御覽、倘得感動召還相公、亦未可知（旦）

拗音乘

一溜〻梭兒攛過淚痕語自

一謎〻塵白日裏晴了天門語生

謎迷閉切

這說的有理（貼）筆硯在此、先填了詞、好上樣錦、（旦寫介）宮辭一首、詞寄菩薩蠻、待我鋪了金縷朱絲、梅香挑織（貼）是如此（旦）鋪錦上織（介）

剔銀燈無端緒、機絲亂引、無倒斷、玉纖微困。一縷縷金。襯着一點點柔腸恨。一字字詩。隱着一層層花暈。（合）悲辛幾迴暗忍。奈一溜溜梭兒。攛過淚痕。

攤破地錦花（旦）怕寃親。把貝錦成讐舋。一謎謎塵。白日裏黑了天門。（貼）學織秦川。宛轉迴文。奏明君。倘然有見日分。

停梭憶遠人用得恰好

〔內喝介〕〔貼〕催錦的官兒將到、夫人趲起些、

〔麻婆子〕〔旦〕織成織成官錦上。衷情苦自陳。〔貼〕蟋蟀蟋蟀天將冷。停梭憶遠人。〔合〕穿花錦滴淚眸昏怕機絲有盡愁難盡。促織促織催何緊。憔悴不堪論。

〔粉蝶兒〕〔副淨隨丑响道上〕帽帶餛飩穩繫着牙牌風韻。

〔副淨〕已到機房了、〔丑〕還不見機戶迎接、可惡可惡、〔貼慌介〕督造內使來到、夫人患難之中、只索迎接、〔旦〕我乃一品夫人、有體面的、你去便了、〔貼〕

踣者等諢亦
不穩
擴粗酸切

跪接介機戶迎接公公丑笑介好好起來起來
你就是盧夫人麼點介機戶叫做梅香丑問副淨
介怎麼叫做梅香副淨梅香者丫頭之總名也
春間討的是春梅冬天討的是冬梅頭上害瘌
梨的叫做臘梅這不知是盧尚書那一時討的
總喚梅香丑笑介梅香有甚香處副淨梅香者
踣者也都在衣服裏下半截吊起他那一陣踣
香就滿屋裏擴來丑低介你纔說珠寶一事這
丫頭可知副淨他是盧尚書的通房怎生不知

用千字文作諢語元劇中亦有之

〔丑〕則他便是盧尚書的通房其實欠通〔副淨〕不要管他只聽我說發作起來就有〔丑〕領教領教〔見介〕盧家的正主兒那裏〔旦〕公公少禮〔丑〕惱介哎喲你是管下的機戶不磕頭卻叫公公少禮難道做公公的你處磕頭不成且擡犒賞夷人的錦段來瞧〔副淨〕用千字文編號的有個八段錦犒賞夷人字號宣威沙漠臣伏戎羌每個字號該錦八匹八八六十四匹〔丑〕呈樣來貼呈錦〔旦〕這宣威沙漠的樣錦〔副淨〕耳語介〔丑〕呀錦文

此另起調宜 [illegible]

罽薄、不中不中、貼又呈錦介這是臣伏戎羌的錦、副淨耳語介丑忒軟了、貼公公是不知這宣威沙漠字號的錦、就要紗一般薄臣伏戎羌的錦、就要絨一般軟軟的都是欽降錦樣兒、丑問副淨介敢是欽降的、你去點數來、副淨點介只有七七四十九匹、少造了十五匹、丑惱介少十五匹、好打哩、做打介貼遮旦哭介

普天樂犯織作署、塌光筈又夾着你督造使誅求峻。副淨耳語介丑是哩這錦上蕃文長是斷的旦

不打正身、打這丫頭、傷春懶慢、（旦）他做人奴。有甚

傷春。還是我爲兒夫。立地銷魂。（副淨耳語介）（丑）[illegible]

哩、銷魂便是傷春、傷春便是銷魂、好打好打、（旦背

哭介）機中字字縈方寸。怎覷的一絲絲淚珠滚。（合）

織宮詞、費殺辛勤。也只願天憐憫。把愁懷早伸。甚

干忙、要巴巴羯羯、你這內家人。

（副淨背嘴介）那婦人罵老公公哩、罵你沒有雞

巴的、又罵你羯狗、好發作了、（丑惱介）哎喲喲、偏

我巴你不巴、我羯你不羯、待我親自問他、那四

臨川譯語

婦過來、聽見伱丈夫交通番國、有寶玉珍珠多少拿些送公公鑲帽頂、鬧粧鸞帶、可好麼（旦）蒙私都打沒了、沒有（副淨耳介）（丑）是了、馬不吊不肥、人不打不招、先把梅香吊起來（吊介）（副淨假救介）老公公休打他、他自然招出來（丑打貼不伏介）家私都沒有了、剛則珍珠還有些兒（丑在那裏）（貼）在裙底溜哩（副淨）這是梅香下半截的暗香擄將出來了、（內喝道）（丑副淨慌介）司禮監公公嚮道了、

送醬菜是大
禮物

邯鄲記　卷一　二十

金雞叫【高引小生、雜執裼上】帽擁貂蟬。紅玉帶蟒袍生暈。可憐金屋向隅人。何日金雞傳信。

自家高力士便是、【歎介】我與平章盧老先生交遊有年、一旦遠竄海南、妻子沒入外機坊織作、好些時、不曾看去、知他安否。【丑副淨跪接介】督造機坊內使、大使、叩頭、迎接老爺、【高】去、進見介【高】大人拜揖【旦】不知老公公到來、妾身有失迎接、【高】幾番遣人送些醬菜時鮮、可曾到麽【旦】都領下了、【高歎介】只是妾身好苦楚也、

驅和平聲

朱奴兒犯機綵細、怕彊忙摘緊。機綵婉、待日和風潤。又怕展污了些兒、夜燈燼。怎便得合時樣、花文帖進。（高）便遲些也不妨。（旦）奴家還有一言告稟、官錦之外、奴家親手製下粉錦一端、廻文宮詞一首、獻上御覽也。表白罪婦一片苦心。（高）這使得、便與你獻上御前、或有回天之喜。（合）凄涼運、幾時脫身。問天公怎偏生折罰我這弄梭人。

尾聲（高）縷金箱點數隨宜進。（旦）聒殺人、那促織兒聲韻。（高）夫人不用心焦、老尚書呵、終有日衣錦還

原本在尾聲前今改于此

鄉。你心放穩。

貼哭叫介老公公饒命、高夫人、饒了這了頭罷、旦不是老身難爲他、都是貴衙門、督造內使、高怎的來、旦到這裏也不催錦、也不看錦、只是打鬧、討寶貝若干、珍珠若干、老公公、你說罪犯之婦、那討一些兒哩、高惱介原來這等、小的快放下來、丑、忙鬆綁介高小的帶着那兩個、到衙門伺候、丑向副淨介哎歎、是你害了我也、小生拿下介。

纏去聲

旦 拋殘紅淚濕鴛綃。織就迴文獻內家。

高 一日綵綸天上落。猶如錦上再添花。

高 夫人請耐心、我過幾日、再來看你 下 旦 貼後

下

第二十三折 功白

六么令 宇文同蕭上 宇 龍顏光現。探龍珠。怕醒龍眠。蕭 五雲高處共留連。黃閣老。紫薇仙。宇 萬年枝上葫蘆纏。萬年枝上葫蘆纏。

蕭 老平章、怎麼說個葫蘆纏 宇 笑介 脚不纏不

小青忌

小宮不纏不大嗄今日諸番侍子來朝聖主御樓受賀實乃藩朝之慶也（蕭）恰好裴年兄以中書侍郎掌四夷館事前來引奏必有可觀

前腔（裴上）天朝館伴盡華夷押入朝班雕題侍子漢衣冠同舞蹈拜金鑾長呼萬歲天可汗長呼萬歲天可汗

（裴）二位平章老先生請了今日諸番侍子入朝君王受賀舊規光祿寺排筵宴織作坊賜文錦俱已齊備恭候駕臨（宰）衆侍子禮當丹墀站立

草朝天聲

副淨丑雜扮各侍子上古魯古魯介喇力喇

宇分付諸番侍子門外隨班候駕各站班介

夜行船上引老旦高力士旦貼扮宮女執符節上

日華高罩長明殿。遠番旄萬里山川。五國單于。三韓侍子。都俯伏在丹墀北面。

宇蕭見介裴見介中書侍郎掌四夷館事臣裴光庭、謹奏有吐番國領西番諸國侍子、朝見高侍子丹墀下聽旨裴呼萬歲介宇恭賀萬歲天威遠播臣等謹排御筵奏上千秋萬壽進酒介

[illegible]遶玉聲

泣顏回〕花舞大唐年。馨歡心。太平重見〔蕭〕喜一天霽色。和風甘雨祥烟。〔裴〕停鑾駐輦。受普天率土來朝獻。〔合〕御樓前、細樂風傳。玉盞內金盤露偃。〔副淨引各侍子舞介〕古嚕古嚕、力喇力喇、〔副淨背介〕吾乃吐蕃大將熱龍莽之子。俺父親當年戰敗、爲盧元帥追勦危急之際、白鴈題書、求他撥轉馬頭、放條歸路、書云、莫教飛鳥盡、留取報恩環、今日遠聞盧元帥倒爲咱父親之故、負罪銜寃、父親不忍、啓奏番王、着咱充爲侍子、領帶

疊青冄
秋夫聲

做獅蹲象跪
俯伏階前語
亦佳

各番侍子來朝奏對之際。辯雪其冤報恩之理、
一正在此矣（回身俯伏、呼萬歲萬歲萬萬歲叩頭、
起舞進酒介、
千秋歲好堯天。正照着唐朝殿。十二柱金龍齊現。疊鼓聲喧。（各侍子）疊鼓聲喧。闌單單做一字兒壽星來獻。回回舞、婆羅旋、錦帽上花枝顫。（副淨合）舞袖斑闌捲。做獅蹲象跪。俯伏階前。
（副淨）侍子們上天可汗萬萬歲一杯酒（上）勞你們、國中遠來、寡人何德致此、各言其故、（副淨）以

此節度盧生與下盧生之要照應

前諸國、倚恃山川、自外王化、自經盧元帥西征、
諸番震恐、方知螢火難同日光、敬遣小臣、瞻天
朝賀。上原來如此、豈非前節度使盧生乎、叫內
侍將欽賞花文錦匹、唱數分給、赴四夷館筵宴、
高唱錦介侍子跪聽頒錦、細法眞紅大百花錦
四匹、緋紅天馬錦六匹、青紫飛魚錦八匹、翠池
獅子錦十匹、八答雲鳳錦二十匹、簇四金雕錦
三十匹、大窠馬打毬錦四十匹、天下樂錦五十
匹、犒設紅錦一百匹。侍子各捧錦叩頭呼萬歲

高力士為崔夫人獻錦亦妙

絕奇應

〔旦〕自識天朝禮、方知將帥功、〔下〕〔高〕啓萬歲爺、夫人宮錦、鈔依散完、宮錦之外、餘下一匹〔上〕取來寡人觀之、〔看介〕原來織成幾行字在上面〔念介〕詞寄菩薩蠻、還生赦、泣人天、望雙成、錦匹孤鸞、悵獨泣、見誰憐、流人苦瘴烟、生親還、棄杼鴛配關河、戍遠心天、未知人道赦來時、〔裴跪介〕臣覽此詞可以迴文讀之〔念介〕時來赦道人知未天心遠戍河關、配鴛杼棄還親生、烟瘴苦人流、憐誰見、泣獨悵、鸞孤匹錦成雙望、天人泣赦生還、

【上】奇哉奇哉、看錦尾、必有々

【看介】外織作坊

機戶臣妻、清河崔氏造進、出

氏、是何人也

【裴】前征西節度使、盧生之妻、【上】呀、原來盧生家口、入官為奴、傷哉、此情可以赦之、【宇】啓上陛下、盧生通番賣國、罪不容誅、【上】蕭卿以為何如、【蕭】聽諸侍子之言、盧生乃功臣也、【宇文爭介】呀、蕭嵩為臣、反覆不忠、陛下可併誅之、【上】他如何反覆不忠、【宇】論盧生本上、有蕭嵩名字、【蕭】臣並無花押、【宇】蕭嵩豈得無押、此本現在、可以取觀、【高】

海母不出　淋袖中

取本上覽〔介〕平章軍國大事臣宇文融、同平章
事門下侍郎臣蕭嵩謹奏、呀、是有蕭卿之名、再
看奏尾蕭卿押有花字、何得推無、〔蕭〕此非臣之
眞正花押、〔上〕怎生是眞正花押、〔蕭〕臣嵩表字一
忠、平日奏事花押草作一忠二字、及搆陷盧生
事情、宇文融預先造下連名奏本、脅同臣進、臣
出無奈、押此一花、暗于一字之下、忠字之上、加
了兩點、是個不忠二字、見得宇文此奏、大爲不
忠、非臣本意、〔宇〕如此看來、蕭嵩賣友欺君、當得

臨川爲南尾
選林者止此

何罪（上）怒介宇文融乃盧生同時將相掩蔽其
功諸以大逆欺君賣友非融而誰高力士與我
拿下（高）綁宇介（宇）哎喲這難題目輪到我做了
正是到頭終有報來早與來遲（下）（上）蕭裴二卿
傳旨差官星夜欽取盧生還朝拜爲當朝首相
妻崔氏即時放出復其一品夫人仍賜官錦霞
帔一襲諸子門廕如故（歎介）寡人若非吐番諸
將子之言呵
尾聲長平寃屈誰能辯且疎放他滿門良賤（衆）這

是主聖臣忠道兩全。

（上）盆下無由見太陽。（高）南冠君子竄遐荒。

（蕭）忽傳漢詔還冠冕。（裴）計日應隨鴛鷺行。

第二十四折　召還

（趙皮鞋）丑扮司戶官引副淨、雜扮皂隸執板子上

出身原在國兒監。趂食求官口帶饞。蛇羹蚌醬飽

腌臢。海外的官箴過得鹹。

小子、崖州司戶、真當海外天子、長夢做個高官、

忽然半夜起水、好笑好笑、一個司戶官兒怎能

…詩家所謂

隱… [illegible] …川

巴到尚書閣老地位、不想天上掉下一個盧尚書來此安置、長說他與朝廷相知、還有欽取之日、小子因此再也不敢難爲他、誰想上頭沒有他的路了、昨日接下當朝宇文丞相密旨、說他最恨的是盧尚書、吽我結果了他的性命、許我欽取還朝、不次重用、思想起來、八品官做下這場方便事、討個超陞、有甚不好、如今州裏缺官該我署印、盧生必然來參見、就好難爲他了、

【步蟾宮】（生上）哭盡南州青橄欖、似忠臣苦帶餘甘

此詞頗佳而叔句尤爽快

三年憔悴甚江潭、有百十倍的帶圍清減。

俺盧生、有罪流配此州、州無正官、便是司戶官
兒署掌、也不免過去見他、（見介）司戶先生請了、
（戶惱介）呀、你是何人、（生）長在此相見的盧生、（丑）
你不說是盧生、倒也罷了、說是盧生、你是流配
之人、我今掌印、便是你收管衙門、不應得你叩
頭、站立伺候、叫我一聲司戶、請了、好打好打、（生）
誰敢打、（丑）我本官打不得你、叫牢子與我打呀、
（衆拖生介）（生）有何罪過、（丑）你還不知罪、

一聲音駭

二曲中多佳句非自肥腸滿腦中來不能爲也

紅衲襖打你個老頭皮。不向我門下參。打你個硬骹兒。不向我庭下站。打你個蠢流民。合下監。打你個瞎通番。該萬斬。（生）宇文融可恨可恨（丑）宇文老相公甚麽樣好人、你也罵他、打你個罵當朝一古子談。（生）朝廷也有用我之日（丑）打你個仗當今一塊的膽。（生笑介）（丑）打你個皮開肉綻還氣岩岩也。則待火烙頭皮鐵寸箍。

（副淨同雜取鐵鉗火烙上、置生前介）

前腔（生）我分的大朝家辯諂讒、怎到你小官司行

緘鍼咸切
剌音辣
鑱初銜切
燀音單
[illegible]奉使臣上
[illegible]纓纓余副
今[illegible]

對勘則道住的是狗排欄、身自躭、誰想遇了鬼門
關刑較慘、罷了罷了、既在矮簷下、怎敢不低頭、摟
着口三千段、朝家事一謎的緘、搶着頭十二分本
官前、再不敢、你打的我血胡林剌㾊鑱鑱、也怎當
那廾指鑽鉗潑火燀、
〔小生扮使臣、引外末、扮將官、二雜捧冠帶朝服
上〕〔內報介〕天使到〔丑驚喜介〕我的宇文老爺、小
官還不曾替你幹的事就、蒙你欽取我入朝、領
戴領戴、且把這老頭兒監候、〔作接使臣不跪使

此使臣即隨盧生還朝處尋常先下不開亦以近藁韓相者有行人伴送故也

問介是甚麼官兒不跪戶天使來取司戶入朝跪了體面不雅使出快去盧爺那裏戶慌取生出介使盧老先生憔悴至此有欽賜朝衣生更衣介戶慌介生跪使讀詔介皇帝詔曰咨爾前征西節度使兵部尚書盧生以朕一時不明屈汝三年荒裔宇文融今已伏誅賜汝定西侯爵邑如故欽取還朝尊為上相兼掌兵權馬頭所到先斬後奏欽哉謝恩使見介敢問老先生到此多年了

恩來看紅芍藥紅衫兒會河陽等曲蓋做幽閨記兵擾攘爲之此曲吳中亦無傳授故予改大和佛舞霓裳以與後紅繡鞋合其中下韻處亦皆穩當不知臨川有靈能爲肯鑒否
懺換去聲
賺音湛

大和佛（生）萬里投荒三載淹。天恩到日南行行珠淚滴滿舊征衫。就裏自羞慚。（戶）自綁上（介）那裏知朝廷真有用他之時宇文公宇文公誤得我沒上沒下的只得前去請死（叩頭介）司戶小人有眼不識太山綁縛堦前合當萬死（生笑介）起來此亦世情之常耳把從前口業都除懺。這人情世態久已似朝三。（戶）老爺縱饒狗命終是狗心不安只不如早早號令施行了罷（生）況是我說過言辭怎好相欺賺。早放下驚心寒膽。（戶）天大肚子的老爺千歲

標平聲。　械音監　之音參　遭音單

千歲千千歲（生）休承奉度量如天大包含。（生）君命召、就此起行了、（行介）【舞霓裳】梢府重歸。鬱潭潭鬱潭潭。虎口頻經。覷眈眈。覷眈眈。（副淨淨扮黑鬼二人上、黑鬼們來送老爺（生）勞苦你三年了、從知頭上青天滿。謝得你鬼門蠻戶遠來探。不由咱心中私感。司戶、我去後、你好生看覷黑鬼、但只顧長住碉房穩樵擔。

【紅繡鞋】皇恩一紙鸞械。鸞械車塵馬足、⿺走參⿺走亶⿺走參⿺走亶。笑姦貪。枉愚濫。時情撼。皇恩歎。烏頭蘸。舊鬍鬚烏

司戶吊場斷斷不可少者臨川于此每不留意當由未見搬演家故耳

頭蘸舊朝簪。

【尾聲】王程苦被風沙擔。把他天使且停驂。權把海外山川做畫屏邊際覽。

（生）海外流人去。朝中宰相歸。

（小生）舉頭紅日近。（丑）回首白雲低。

（丑叩頭介）司戶送老爺。（生衆下、）（丑進介）看他何等威嚴、我若做他時節、休想我這喫飯家火還留得在頸上、這等大人度量、常言道、宰相肚裏好撐船、畢竟宰相官兒、還讓他做、還讓他做、

一本此前有稱慶折今删

第二十五折　極欲

感皇恩 旦鳳冠紅過肩、引末扮院子上、依舊老平章。平沙堤上。宴罷千官。擁門。望歸來袍袖長。是御爐烟颺。皇恩深。幾許如天廣。御宿田園。御書樓榜。御樂仙音。整排。當滿床笏。盡是綺羅生。長年光休去也留清賞。

集唐 遙見飛塵入建章。紅英撲地滿筵香。誰知不向邊城苦。爲報朱門自玉堂。相公自嶺海歸來、二十年當朝首相、今日進封趙國公、食邑九

僔尊上聲
倜音踢

千戶、官加上柱國、太師、先廕兒男、一齊陞改、長子僔、翰林侍讀學士、次子倜、吏部考功郎、三子儉、殿中侍御史、四子位、黃門給事中、這梅香、伏侍相公、也養下一子、叫做盧倚、因他年小、掛選尚寶司丞、孫子十餘人、都着送監讀書、恩榮至矣、幾日前父子侍宴御樓之上、萬歲爺凭闌望見我家駙馬、肥瘦不齊、即便選賜御馬三十匹、宴罷之際聞得老相公家中少用女樂、即便分撥仙音院女樂、二十四名、以應二十四氣、又賜

通折詞曲皆佳而音調亦十分之黑能為怯者

田園樓館、形勝非常、此時相公出朝、我教排宴、家宴想已整齊、相公鑾到、生樸頭過肩外隨後、候捧笏、淨丑執拂上、向曉入金門。侍宴龍樓下。身惹御爐香。歸來明月夜。我盧生出將入相、五十餘年、禮絕百寮之上。威在一門之下。侍宴方闌、下朝歸府、不免緩步而行、

北中呂粉蝶兒錦繡全唐。真乃是錦繡全唐。畫堂飧、偏醉我頭廳宰相。早、辭過那伴飲班行。厭沙提歸軟馬、是有些些美懷佳量。轉東華、驀着我庭堂。又

與南北詞見放舊小扇輕需太楊花腔上然傳奇中用此調亦自佳耳

逼札的夫人謝唱

〔堂候祗從先下〕〔見介〕夫人恭喜、進封趙國夫人、侍宴而歸、不覺梨花月上〔旦〕妾因御賜樓臺幾所、因此開紅糚宴、上翠華樓、陪公相盡通宵之興、〔生〕少待少待、你四個兒子、都擺着一路頭踏、鳴珂珮玉而回〔小生貼老旦副淨扮四子、冠帶紅袍上〕我兒爺們同日陞廳、拜見老爺老夫人、〔見禮介〕禮樂衣冠地。文章富貴家。南山開壽域。東海溢流霞。老爺奶奶在上、容孩兒們敬上一盃

賀酒（進酒介）

【南泣顏回】（小生）列桂捧瓊觴。滿冠蓋青雲成浪。幸穿朝入苑。無非戚畹宮牆。你把朝堂穩坐。一家門戶山河壯。保蒼生、大古馳名。荷皇封、小兒沾賞。

（旦）院子、請官兒們、堂下飲酒（四子跪介）禀老爺奶奶、兒子們、荷爺娘福庇、新受皇恩、各衙門俱有公宴（生）正是衙門公宴、不可久遲、你們都起去罷、（四子打躬退介）暫赴鴛行廊。長趨燕喜堂。

（下內作樂生歎羨介）（旦）老相公、不知此乃皇恩

盧生見教坊女何作以頭巾語蓋臨川借諷近來道學先生能勘破而不能忍者

須賜女樂二十四名都會吹彈歌舞可謂妙矣【生】我只道是家樂原來教坊之女咱人不可近他【旦】怎生不可近他【生】尋常女子有色無聲名爲啞色其次有聲而未必有色能舞而未必能歌只有教坊之女但是標情奪趣他所事皆知且其幼色取自鮮姸更兼假母教之精細容止則風光霽月應對則流水行雲所以詩家說道月出皎兮佼人了兮巧笑倩兮美目盼兮那一盼你道是甚麼盼把你的心都盼去了那一笑

癧音歷
瘻音婁

你道是甚麼笑、把人那寬都笑倒了、故曰皓齒娥眉、乃伐性之斧、鶯聲燕語、乃叫命之梟、細腰粘津、乃腐腸之藥、翻床跳蕭、乃癧瘻之機、老子曰、五色令人目盲、五音令人耳聾、所以小人戒色、須戒其足、君子戒色、須戒其目、似這等女樂、咱人再也不可近他[旦]這等公相可爲道學之士、何不寫一一本、送還朝廷便了[生笑介]這却有所不可、禮云不敢虛君之賜、所謂却之不恭、受之惶愧、[旦]這等只叫女樂們近前勸公相飲

綳音崩

唱一個殘夢到黃粱可稱黃絹幼婦

酒、貼老旦小生副淨扮女樂叩頭介生你們都
是奉旨來的唱的唱舞的舞待我歡飲一杯、
北上小樓（衆）我則望仙樓排下這內家粧步寒宮
出露的紫霓裳。一個個清歌妙舞世上無雙。把紅
牙兒撒朗朗鼓兒綳邦。間約是吉琤琤的銀鴈兒
打的冰絃嘵。吸鳥鳥洞簫聲悠漾。把我這截雲雷
不住的歌喉放。唱一個殘夢到黃粱。（生）怎說起黃
粱、（衆）不是、唱一個殘韻繞虹梁。
南流顏回（旦）軒昂氣色滿華堂。立宮花濟楚珠珮

生云許金釵十一成行旦云白體上不知消長白首夫妻爲許事亦參商耶

玲瓏〔生〕謝夫人賢達。許金釵十二成行。〔生旦合〕滿花筵上捧蓮杯。笑立嬌模樣。蚤飡他鳳髓龍肝。却霑承黛綠蛾黃。〔旦〕啓相公得知。還有酒在翠華樓。爲今夜煖樓之宴。〔生〕夫人你看簷月籠雲。玉階之上。可以翫賞。侍女們。爇百十枝絳紗燈。細樂導引我與夫人。緩步遊賞一回。〔淨丑扮侍女提燈上導細樂行介〕

〔北黃龍滾犯〕踼蕩蕩蹬道三條。滴溜溜平川一望。

脆薩薩的肝腸一蹴元人語也

藹溶溶澹月長空。高簇簇紗籠翠幌。抵多少銀爛

朝天紫陌長。（笑介）做跌介不是他喜孜孜紅袖雙扶。

把我這脆設設的肝腸一蹴。

（內奏樂笑聲道）啊（介生）前面幾十對紗燈響道、

問是誰家。（末問介）（內應介）是我家四位官兒宴

歸私宅。（生笑介）好人家也。夫人、前面翠華樓了、

【南撲燈蛾犯】靄青青烟裊袖爐香。厮琅琅落花御

溝漾。唧喳喳晚風飄細樂。齊怎怎千步廊回向高

艷艷金牌玉楔。軟幽幽粉樓下垂楊。畧札札雕簷

颩姑橫切

畫戟雄糾糾有笑天卿門外滾毬場。
（到介）（旦）相公你看翠華樓前面、欽賜碧蓮湖三
十六景（生）眞乃神仙景致、女樂們、扶我與夫人
上樓去（上介）（生）大觥釃酒來、與夫人痛飲、
北上小樓犯展嵬嵬登了閣。砌臻臻遊了房。眞乃
是倚着紅雲。踏着紅蓮。逗着紅粧。（旦）老爺請酒（做
酒翻濕袖介）（生笑）的來酒影花枝酒播燈暈酒生
袍浪越顯的這風淸也似月朗。
（旦）高樓良夜、相公可以盡懷、（女樂爭持生介）（生）

以紗燈爲號想從章臺有出

聽我分付今夜便在樓中派定此樓分爲二十
四房每房門上掛一盞絳紗燈爲號待我遊歡
一處本房收了紗燈餘房以次收燈就寢倘有
高興兩人三人臨期聽用（樂笑應介淨丑先下）
【南疊字犯】（衆）拍拍紅喧翠嚷匝匝情深意廣沉沉
的玉漏稀娟娟的風露涼悉悉的悉喇宿鳥兒湖上
閃閃開紅繡紗牕一個個侍枕席生香落落滔滔
取情兒翫賞笑笑笑笑笑人生幾百歲醉殺錦雲鄉
（旦）夜闌了相公將息貴體（生）夫人吾今可謂得

原本有落場詩今刪謂非北曲體也

長好是精神如畫說佳

意之極矣、

尾聲論功名。爲將相。也是六十載擎天架海梁。夫人向後呵我則把這富貴榮華。和你慢慢的享。

第二十六折　友歎

掛眞兒蕭引淨雜執棍上生意盡憑黃閣下。歎元宗病染霜華。紫禁烟花。玉堂風月。長好是精神如畫。

故交君獨在。又欲與君離。我有新愁淚。非關秋氣悲。下官蕭嵩。忝同平章事、有肖相盧老先生、

瘥音矬

乃同年至交、年今八十有餘、忽然一病三月、重大事機、認就床前請決、皇上恩禮異常、分遣禮部官、各宮觀建醮禳保、那禮部堂上是裴年兄上香而回、必然到此、

番卜筭〔裴引丑、雜執棍上〕元老病能瘥。聖主心縈掛。〔見介、蕭〕年兄這一番祈禱是如何。要作從長話。〔蕭〕年兄、盧老先生、平日精神甚好、因何一病纏綿、

風入松〔裴〕略知元老病根芽。說起一場新話。〔蕭、〕想

柰吒揶架切

此皆尋常語以作曲便入三昧

是閣中機務所勞〔裴〕非關閣下傷勞。雜是房中有些〻兜答。〔蕭〕呀、難道盧老先生、此時還有餘話〔裴〕好採戰。說長生事大。皇恩賜女嬌娃。〔蕭〕有這等的事、老夫人、怎不阻他〔裴〕他道彭祖年高八百、也用採女之術、〔蕭〕前腔老年人、似紙烘殘蠟。能禁得幾陣風花。千年彭祖今亾化。顛倒做折本生涯。〔裴〕盧年兄富貴已極、止想長生一路了、〔蕭〕論吾儕、都是八旬上下。遲和蚤幾爭差。

莫非光大拜語非熟于世故者不能為也

盧老先生、既有此失勢、必蹺蹊、且喜年兄大拜在郎下、〔裴〕這倆也不敢望、

〔蕭〕病到調元老。朝家少國醫。

〔裴〕惟餘一枝樹。留與後來棲。

第二十七折 生寤

〔金蕉葉〕旦愁容上 愁長恨長。天樣大門庭怎放。就其間有話難詳。天那、怎得我老相公一時無恙。事不三思、終有後悔、我老相公、夫婦齊眉、極富極貴、年過八十、五子十孫、此亦人間至樂矣以

千見坊本有許採戰若皇切他人死活圖自己富貴此語良是

前止是幾個了鬟勸酒、老身時時照管、不至疎虞、近因皇帝老兒沒緣沒故、送下幾個教坊中人、歌舞吹彈、則道他老人家飲酒作樂而已、誰想聽了個官兒、他希求進用、獻了個採戰之術、三月已前、偶然一失、因而患病、所仗聖眷轉深、分遣禮部官、于各宫觀建醮祈禱、王公國戚、以次士香、可謂得君之至矣、只恐福過災生、未必天從人願、天阿、不敢望他百歲、活到九十九也罷了、末扮兒子走上報介、奶奶、老爺不好了、我

丹青易老舟楫難藏入詞則佳入曲便過矣

兒子們須扶他出堂坐下。旦同貼梅香小生開淨扮兒子扶生病上

【小蓬萊】八十身爲將相。如今幾刻時光。猛然惆悵。丹青易老。舟楫難藏。

【集唐】將相兼權似武侯。誰人肯向死前休。臨階一盞悲春酒。野草閒花滿地愁。夫人我病勢沉沉。精魂散亂。多分不好了。思想當初孤苦一身。與夫人相遇。登科及第。掌握絲綸。出典大州。入參機務。一竄嶺表。再登台輔。出入中外。迴旋臺

直注到闘時方追想前事盡人情也命值着簸箕無狀句尤佳簸音播

閣、五十餘年、前後恩賜子孫官廕甲第田園佳人名馬不可勝數、貴盛赫然、舉朝無比、聖恩未報、一病郎當、夫人、我和你以前歷過辛酸、兒子們都不知道、到今日八十而終、皆天賜也、

勝如花、寒颼苦、滯選場。瘦田中、蹇驢來往。猛然聞撞入卿家。平白地、天門看榜。命值着簸箕無狀。手爬沙、去開河運糧。手提刀、去胡沙戰場。險些兒劍夾雲陽貶炎方受瘴。又富貴八旬之上。〔合〕算從前勞役驚傷。到如今疾病災殃。

爲朝廷六句
雅

（旦）老相公、你此病、雖然天數、也是你自取其然、八十歲老人家、怎還做採戰勾當、（生惱介）採戰採戰、我也則是圖些壽美、看顧子孫、難道是瞞着你取樂、

【前腔】（旦）你年過邁、自忖量。說採戰混元修養。爲朝廷、燮理陰陽。自體上、不知消長。這一病可能停當。老相公平安罷了、有些差池、就要那二十四個了頭償命、（生惱介）干他甚事、要他償命、（衆子）老夫人言詞太搶。老相公性兒廝強。俺孝順兒郎、且盡情

相公三尊拙婦故不至死不去任亦醒君之語

供養生還想甚麼喫眾子有湯藥在此跪進藥介
嘗了藥進些些無恙合前
丑扮院子上介閣下裴老爺蕭老爺問安到堂
旦怎好相待生大兒子荅應去你說有勞蕭叔
叔裴叔叔晚些下朝請來有話大兒應下丑又
上介公侯駙馬似各位老皇親問安到堂生第
二個兒子荅應去這都是四門親家說有勞了
容病起叩謝次應介下丑又上介五府六部九
卿堂上官稟帖問安到堂生第三個兒子荅應

驃表去聲

俺比他富貴無聊倒在百僚之上此越

去說有勞了、請回〔二見應下〕〔丑又上〕〔介〕合京大

小各衙門官連名手本問安門外伺候〔生〕叫堂

候官分付都知道了〔丑應下介〕〔又上介〕萬歲爺

差高公公領了御醫來到〔生〕快取冠帶加身天

人接旨、

〔滴溜子〕〔老旦上〕高引外、扮祇從執棍帶淨扮御醫上

驃騎的、驃騎的、駕前排當、領聖旨、領聖旨、府中來

往、帶着御醫相訪。他病患有干繫、無虛誑。俺此時

富貴無聊、倒在百寮之上、

中徐文長句法所謂小家數是也

（到介）聖旨到、跪聽宣讀、詔曰、卿以俊德作朕首
輔、出鎮藩服、入贊緝熙、昇平二紀、實卿是賴、比
因疾累日、謂痊除、豈遽沉頓、良深憫默、今遣驃
騎大將軍高力士、就第省候、卿其勉加調養、爲
朕自愛、深冀無妄、期於有喜、謝恩（旦）謝恩起介
（生）老公、學生多蒙聖恩、有勞貴步、何以爲報、（高）
宮監事煩、不得頻來、看望老先、萬歲甚是懸掛、
以前鈞遣中使、時常問安、還不放心、以此特差
本監、領這御醫、親視藥餌、調膳、叫你千萬寬養、以副

太素脈亦是府鮮

眷懷、且着御醫診視、（診脈介）

榴花泣（御）貴人擡手。指下細端詳。手背上汗以陽。呀、魚遊雀啄去佯佯。喜心經有脈弦長。老爺、小官太素脈最精、老爺心脈洪大、眼下有加官廕子之喜、小官不勝欣賀、（生笑介）難道難道、（御背向高介）盧老爺、脈息欠好了、魂飛散揚。爭些兒要得身以喪。（高哭介）可憐盧老先幾十載裏外同心。要時間形影分張。

（御）老爺、容小官處方呈上、可憐醫國手、空費藥

微臣怎做得姜公望句佳

龍心（下）生老公、俺高年重病、醫療多難、頂戴皇恩、沒身無報、
前腔書生何德。毫髮聖恩光。番老病。賜仙方。微臣怎做得姜公望。八旬外、恁的郎當。老公、病臣不能下床、只在枕頭上叩首、謝恩了、（三）叩頭介萬歲萬歲萬萬歲、天恩敢忘。願來生做鬼。也向丹墀傍。老公、蕭裴二公、雖係同年同官、還仗老公青目、（高）這是交情在前了、（生）要緊一事、俺六十年勤勞功績、老公所知、怕身後蕭裴二公總裁國史、編載不全、

盧生叮囑高公者至矣臨別復爲盧倚討應襲愛幼子乃尔可謂描寫人情曲盡

高這個朝家自有功勞簿逐一比對誰敢遺漏生保家門全仗高公紀功勞借重同堂生請問老公身後加官贈謚如何高自有聖眷不必掛心咱去也生哎喲還有一句話老夫有個孽生之子盧倚年小待叫出來拜了老公高小哥已注選尚寶中書了生本爵止叙邊功還有河功未叙意欲和這小的再討箇小小應襲望老公主持高謹記在心聖上立等回話不敢久停了生叩頭哭介千萬奏知聖上病臣再不

大臣忍死草遺表亦中時蔣

能勾瞻天仰聖了、〔高〕要知忍死求恩澤。且盡餘生答聖眺〔下〕〔生〕哎喲、我汗珠兒滾下來了、絲動寸骨都是疼的好冷好冷、是了、這叫做風刀解體、誰替的我阿、叫大兒子、將文房四寶掃席焚香、待我寫下遺表、謝了朝廷、便死瞑目矣〔大兒上〕老得文園病、還留封禪書、筆硯在此、請老爺草表〔生〕整衣冠寫介

急板令儘餘生丹心注香。盼堦前斜陽寸光。呀、手戰、寫不得罷了、起個草稿、着兒子代書、待親題奏

窮富貴在何方此語非到盡頭不能悟也

童。待親題奏章。俺戰戰兢兢。寫不成行。你整整齊齊。記了休忘。（長歎落筆介）（合）妻和子。從此分張。窮富貴在何方

不要聒噪。大兒子。你念表文俺聽。（大兒念介）臣本山東書生。以田園為娛。偶逢聖運。得列官序。過蒙榮獎。特受鴻私。出擁旄鉞。入升鼎輔。周旋中外。綿歷歲年。有忝恩造。無裨聖化。負乘致寇。履薄臨兢。日極一日。不知老之將至。今年八十餘。位歷三公。鐘漏並歇。筋骸俱敝。彌留沉困。殆

還音湯

將盡顧無誠效上答休明空負深恩永辭聖
代臣無任感戀之至謹奉表稱謝以聞（生）是了
俺氣盡之後寫得端楷奏上夫人你和俺解了
朝衣朝冠收在容堂之上永遠與子孫觀看（換
舊衣巾歎介）人生到此足矣呀怎生俺眼光都
落在地上俺去了也（向舊睡處倒介）（衆哭介）
【前腔】老相公奄然就亾恨天天胡不壽長且立起
容堂且立起容堂把一品夫人哭在中央列位官
生哭在邊傍一家門從此分張窮富貴在何方

凡戲唱曲難
褁白亦不易
此生丑非得
肯緊者不能
佳也

旦晴去生鬚掐生背哭介盧郎好醒阿下生作
驚醒看介哎喲好一身冷汗夫人那裏丑扮前
店主上甚麽夫人生叫介盧僔盧倜盧儉盧位
小的盧倚呢都在那裏去了丑叫誰那生我的
兒子丑你有幾個兒子生五個哩哦都往前面
勑書閣寶翰樓耍子去了丑便只是小店內驢
鳴介生三十匹御賜的名馬可餵些料丑只有
個蹇驢在那裏放屁生哦我脫下朝衣朝冠在
那裏丑破羊裘在身上生嗄好怪好怪連我白

此另起調須用細腔方受傚以下五曲亦佳

鬢鬍子、那裏去了、（看介）你是誰、不是崔家院公麼、（丑）甚麼崔家院公、趙州橋店小二、煮黃粱飯、你喫哩、（生想介）是哩、飯熟了麼、（丑）還少一把火兒、（生起介）有這等事、

【二郎神】難酬想。記不盡眼前形相。當初是打從這枕兒裏去、（提枕介）有路分明留去向。其間打滾影兒歷歷端詳。難道這一星星都是謊。只落的護着枕兒心怏。（歎介）好荒唐。怎六十年光景。熟不的半米黃粱。

盧生不爲此起何由得悟故逾久得呂後二闋甚得緻趣

〔呂笑上介〕山靜似太古、日長如小年。〔盧生〕嘛你可得意麼。〔生〕老翁、太奇太奇、俺一徑的擒中了唐家狀元、替唐天子開了三百里河路、打通了一千里邊關哩。〔呂笑介〕唉、有這什大功勞。〔生〕老翁不知、小生也不敢訴、聞恁大功勞、還聽個讒臣宇文丞相之言、賜斬咸陽都市、喜得妻兒哭救、遠竄嶺南、直走到崖州鬼門關外。〔呂〕僥倖僥倖、後來。〔生〕後來得蕭裴二位年兄辯救、欽取還朝、依舊拜爲首相、欽賜金屋名園、歌兒舞女、不

此際尋思得意何在只二何點醒盧郎一生辛

要夫講

記其數、親戚俱是王侯、子孫無非恩廕、仕宦有五十餘年、整整的活到八十多歲。（呂）你說大丈夫、當建功樹名、出將入相、列鼎而食、選聲而聽、使宗族茂盛、而家用肥饒、然後可言得意、如子所遇、豈不然乎、此際尋思得意何在、（生）想介便是呢、黃粱飯好香也。（呂）子方列鼎而食、希罕此黃粱飯乎、

【玉鶯啼】你堂餐長饗。鼻尖頭、還新厨飯香。（生）黃粱恁般難熟。（呂）這黃粱、是水火勾當。好枕兒邊、問甚

令人醒後便知是夢盧生豈有仙骨何猶戀〻妻子乎

氏糟糠。可還挑黃粱半箸。與你那兒郎豢養。（生想介）好多時候哩、（呂笑介）終不然、水米無交。番滚熟了山河半餉。你休慿莽。怎不把來時路。玉真重訪。（生笑介）我翁教我把玉真重訪、難道來時路、還在這枕孔裏、（再看枕、歎介）咳、枕兒枕兒、你閃的我盧生、有家難奔、有國難投、別的罷了、則可惜俺那幾個宦生兒子阿、（呂笑介）你那兒子、難道是你養的、（生）咳、不是我養的、是誰養的、明明有妻、清河崔氏、坐堂招夫、（呂）便是崔氏、也如今在

那裏生想介這等一輩兒君王臣宰從何而來

呂都是妄想遊魂參成世界生歎介老翁盧生

如今惺悟了人生眷屬亦猶是耳豈有真實相

乎其間寵辱之數得喪之理生死之情盡知之

矣

御林鶯風流帳難笑場死生情空跳浪埋頭午夢

人胡撞剛等得花陰過聰雞聲過墻說甚麼張燈

喫飯纔停當罷了功名身外事我都不去料理他

只拜了師父罷拜介似黃粱浮生稊米都付與滚

參抽森切
差抽支切

鍋湯

豕木兒(呂)何驚恍忒遽忙。把椀兒敲破。我也無依倆。你拜了我、就要跟我雲遊去了、(生)願跟師父雲遊去(呂)求道之人、草衣木食、露宿風飡、你做功臣的人、怎生享用的、(生)師父、又來取笑了、(呂)還一件、徒弟有參差的所在、師父當頭拄杖就打、死了眉也不許皺一皺、(生)弟子雲陽市上都不曾皺個眉、怎怕的師父打、(呂)笑介你雖則是寐語星星。怕猛然間舊夢飛揚。(生)師父白日青天、還做甚麼夢來、

（呂）果然比黃虀苦辣能供養。比飡刀痛澁能回向。也還要請個盟證先生。和你細酌量。（生）便隨師尋個証盟師去、

〔滴溜子〕跟師父、跟師父、山悠水長。証盟的、証盟的、他何人那方。（呂）總不離邯鄲道上。一眨眼煑黃粱。鍋未響。六十載光陰。早已下塲。

〔尾聲〕（生）從今不作人間想。師父、証盟師在那裏、（呂）有個小庵兒。喚做蓬萊方丈。（生）這等、快行快行、（王）、黃粱飯熟、請喫了去。（生）罷了罷了、可不躭悞我遊

仙一夢長。下、

丑、好笑好笑、一個活神仙、度了盧秀才去了、

生死長安道、　邯鄲正午炊、

早知燈是火、　飯熟幾多時、

第二十八折　合仙

清江引　末扮鍾離上、漢鍾離、道貌生來全。淨扮曹國舅上、我國舅做尋常論。旦扮何仙姑上、笊籬兒漏洩春。撈不上閒愁悶。合、世上人、不學仙眞是蠢。

前腔　丑扮鐵拐上、這拐兒是我出海撩雲棍。小生

袁奇[illegible]　原本何仙姑聆洞賓不至曰好悶人此漫隱風塵境鄲湘之足也

醞音運

爨音竄

原本第二折洞賓云奉張果仙尊之命不宜張之上場在洞賓之後且洞賓以點絳唇上此後亦不宜更有引子寸故為改定

扮韓湘上小韓湘會造逡巡醞貼扮釆和上高歌

踏踏春爨美隨時運合前

前腔外扮張果上採蟠桃兩度唐堯運甲子何勞

問蓬山好看春只要有神仙分合前

衆仙舉手介請了張果貧道張果是也奉東華

法旨着洞賓下界度個把守天門掃除花片之

人怎麽一去許久還不見到鍾離撥開雲頭一

望純陽子早來了也

點絳唇呂引生上一片紅塵百年銷盡閒營運夢

傍禁熱切

醒翻身。蚤過了茶時分。

（生）師父前面一簇高山流水是那裏（呂）此乃蓬萊滄海大修行的去處（生）望（介）這一片大海如何過的去（呂）你合着眼隨我過去便了（生）合眼隨行（介）（呂）過了海也（生）開眼（介）果然一眨眼過大海了呀雲端之下是有人家怎生穿紅穿綠擠的跛的老的小的有這等一班人物（呂）這都是你的証盟師哩（呂）前稽首（生）後跪（介）（呂）張仙翁呂巖稽首（張）後面跪的何人（生）前唐朝狀元

世以愚鼓簡子唱道情者率用此曲今以提醒盧生家詩體

丞相、趙國公、盧生叩參（張笑介）請起、老國公、老丞相、這等寒酸了、（生）做夢哩、（張笑介）可是夢哩、也虧你奈煩了五十年、盧生、你雖然到的荒山看你癡情未盡、我請衆仙、提醒你一番、你一椿椿懺悔者、

浪淘沙、漢甚麽大婚姻。大歲花神。粉骷髏門戶一時新。那崔氏夫人、何處也。你個癡人。（生叩頭答介我是個癡人。

前腔（曹）甚麽大關津。使着錢神。插宮花御酒笑生

[illegible]音田

春奪取的狀元、何處也。你個癡人。（生叩頭答介）合前、

前腔（李）甚麽大功臣。掘斷河津。爲開疆展土害了人民。勒石的功名何處也。你個癡人。（生叩頭答介）合前

前腔（藍）甚麽大寃親。竄貶在烟塵。雲陽市斬首潑鮮新。受過的悽惶何處也。你個癡人。（生叩頭答介）、合前、

前腔（韓）甚麽大階勳。賓客填門。金釵十二醉樓春。

受用過家園何處也。你個癡人。（生叩頭答介）（合前）

〔前腔〕何甚麽大恩親。纏到八旬。還乞恩忍死護兒孫。鬧喳喳孝堂何處也。你個癡人。（生叩頭答介）（合前）

（張）且住。盧生被衆仙眞數落這一會。他敢醒也。

（生）弟子老實醒了也。（張）盧生。聽吾法言。你本是邯鄲道儒生。未遇。爲功名想得成癡。幸値着小二店乾坤逆旅。過去了八十載。人我是非。掙醒來沉沉一夢。謂人間飯熟多時。誰信道。趙州橋

此院本體

半夜水漲。剛打到丞相府。白日思迷。你和那崔氏女拋殘午夢。虧了洞賓子攙美天機。黃粱飯難消一粒。葫蘆藥倒用的刀圭。饑時節和你安爐作竈。醒了後文怕你苦眼鋪眉。叫鐵拐手把思凡枕葫蘆提拄碎。請兩仙姑女。把那殘花帚斷柄子傳題。直帚得無花無地非爲罕。這其間忘帚忘箕不是癡。那時節騎鸞鶴。朝元証聖。纔是你跨驢駒。入夢便宜。【呂】盧生領了帚拜謝仙翁者【生】領帚拜介

原本有北況除東風四曲以南戲也而用北作底板則分唱合唱皆所不便故以催拍一操得易之調亦有同爽可聽

臨川作傳奇長於其頭緒太多而邯鄲只滿二十折

邯鄲記　卷下　六十三

【催拍】眾合再休想烟花故人。再休想金玉掩身。受多少艱辛。受多少艱辛。五十餘年為甚勞神。還待誰來喚醒迷魂。合纔得個夢覺逡巡。又桃樹幾千春。

【前腔】生做神仙齊天福人。執箕箒閬苑童身。幸得全真。幸得全真。辭別邯鄲。去守天門。看華岳成田。滄海揚塵。合前

【一撮棹】眾合前生分。今朝掃除盡。榮華運。空將世人困。纔一瞬。乾坤已難認。黃粱飯。鍋中正初滾。試

盧是東于本傳不敢別出己意故也然使頓道行張伯起諸人爲之即一字一句不能矣

一回頭怕千秋如聚塵。叫一未也。休長作夢中人。

（張）莫醉笙歌掩畫堂、（衆仙）暮年初信夢中長、

（呂）如今便與風塵別、（生）靜對丹書一炷香、

此中一字一　相輕諸人嬲　後面道行漲　亡意欲亡然　[illegible]

（呂）如今便與風塵別
（張）莫醉笙歌掩畫堂
（漢）請灘丹書一生活
（仙衆）暮年初信夢中身
一回□中千秋如黍遲了來也休去尋夢中人

邯鄲記卷下　終

南柯記

南柯記

南柯記目錄

卷上

第一折　俠槩

第二折
樹國

第三折 禪請

第卯折
宮訓
南柯記

折
謾遣

折
遇桑
柯記
圖
三

焉之
折
情著

第八折
安諧
南柯記
圖
四

第九折
就徵

第十折

引謁

第十一折
貳館

第十二折
尚主

第十三折

伏戎

第十四折

侍獵

第十五折
拜郡

第十六折
御餞

第十七折
錄攝

第十八折 之郡

第十九折
玩月

第二十折
啓寇

第二十一折

閨警

第二十二折
兩陣

第二十三折 圍釋

原書此處缺葉

雲二十之折
召還

第二十八折
臥轍
南柯記
圖
十四

第二十九折
芳隕

第三十折
議葵

夢三十一折
粲誘

第三十二折
象譴

第三十三折
遣歸

夢三十四折
尋寤

第三十五折　情盡

祝者尾 上主要 細書全

南柯記卷之上

臨川　湯義仍　撰
吳興　臧晉叔　訂

開場

【南柯子】（末上）玉茗新池雨。金柅小閣晴。有情歌酒莫教停。看取無情蟲蟻也關情。　國土陰中起。風花眼角成。契玄還有講殘經。為問東風吹夢幾時醒。

登寶座槐安國土。　隨夫貴公主金枝。
有碑記南柯太守。　無處誑甘露禪師。

此引冒頭俊中帶大熱長公派頭

南柯記　卷上

第一折　俠槩

【破齊陣】生佩劍上　壯氣直冲牛斗。鄉心倒掛楊州。四海無家。蒼生沒眼。拄破英雄笑口。自小豪門慣使酒。偌大煙花不放愁。【歎介】這時節呵庭槐吹暮秋。

【蝶戀花】秋到空庭槐一樹。葉葉秋聲。似訴流年度。便有龍泉君莫舞。一生在客飄吳楚。那得胷懷長此住。但酒千杯。便是留人處。有個狂朋來共語。未來先自愁人去。小生東平人氏。複姓

棼音墳 髡音坤 滑音骨 一男不生一女不孕 撥鋒 而具 俠音洽 裨音疲 魄音托

淳于名棼始祖淳于髡善飲一斗亦醉一石亦醉頗露滑稽之名次祖淳于意善醫一男不生一女不孕官拜倉公之號傳至先君曾爲邊將投荒久遠未知存亡于小生精通武藝不拘一節累散千金養江湖豪浪之徒結吳楚遊俠之士曾補淮南軍裨將要取河北路功名偶然使酒失主帥之心因而棄官成落魄之像家去廣陵城十里庭有古槐樹一株枝幹廣長清陰數畝小生每與羣豪縱飮其下近日羣豪雨散

鷓音義　秸音古

只有六合縣兩人、武舉周弁吾酒徒也、處士田子華吾文友也、今乃唐貞元七年暮秋之日、分付家僮山鷓兒置酒槐庭、以款二友、山鷓何在

（丑扮山鷓上）腿似木秸子、臉像山鷓兒、稟東人置酒槐陰庭下、一客蚤到、

擣練子（淨扮周上）花月曉、海山秋。（末扮田上）人生只合醉揚州。慣使酒的高陽吾至友。

（周）小子潁川周弁是也、（田）小子馮翊田子華是也、（周）我二人將歸六合去、與淳兒告別、（丑上）人

吹去聲

槐陰庭等候、（見介）（周）（集唐）縣古槐根出、（田）秋來朔吹高、（生）黃金猶未盡、終日困香醪、二兄數日門客蕭條、令人困悶、（周田）連小弟二人也是明晚歸舟、特來告別、（生歎介）二兄也要去、好不悶人也、槐庭有酒、且與洗醉片時、（把酒介）

【玉交枝】（生）風塵識透。破千金賢豪浪游。十八般武藝吾家有。氣冲天楚尾吳頭。一官半職懶淹留。三言兩語難生受。（山鷓合）悶嘈嘈尊前罷休。恨叨叨君前訴休。

南柯記　卷二

把大槐根究、此曲之眼

〔周〕這槐庭之下、足勾俺兒飲樂矣、

〔前腔〕〔周〕把大槐根究。鬼精靈庭空翠幽。恨天涯搖落三杯酒。似飄零落葉知秋。〔田〕怕雨中粧點望中稠。那馬蹄終日空馳驟。〔周田合〕論知心英雄對愁。遇知音英雄散愁。

〔周田二〕弟告辭了、〔生〕還送二兄一程、

〔急板令〕〔生〕道西歸迎鸞鎮頭。順西風薔薇玉溝送將歸暮秋。〔周田〕送將歸暮秋。舉眼天長桃葉孤舟。去了旋來有話難周。〔合〕向晚霞江上銷憂。還送送。

此曲更含飛卿之別非老作家不窺其手矣

尾末合調今改正

怎遲留。

（周田歎介）二一別此去、不知可能更來、（生）二一見儘

出此宗、

（前腔）（周田）歎知交一時散休。到家中急難再遊。猛然間淚流。（生）猛然間淚流。携手相看。兩意悠悠腸斷江南。夢落揚州。（合前）

（尾聲）（周田）江河落托長耽酒。（生）休道是酒中交難到頭。我則待醉臥昏昏過幾秋。

（周田下生吊場介）他二人又去了、庭空寂靜、

臨川增出二募趣名亦不妨

是無聊山鷓兒、揚州有甚麼會耍子的人麼、山鷓那裏討那、（做想介）有了、則瓦子鋪後、有個溜二、沙三兄弟會耍、（生）既有此二人、你就去請來、

一生遊俠在江淮。　末老芙蓉詭劍才。

寥落酒醒人散後。　那堪秋色到庭槐。

第二折　樹國

（海棠春前）（小生蟻王引淨末扮內官貼搽旦扮校尉執扇上）江山是處堪成立。有精細出乎其類。萬戶繞星辰。一道通槐里。

千年動物生神、端然氣象君臣顯是國中有國、
誰言人、下無人、自家大槐安國王是也、本爲蟻
蟻、別號蚍蜉、行磨周天、嶸合星辰之度。存身大
穴似蟄龍蛇之居。一年成聚。二年成邑。到三年
而成都。寡人有些擅行。夏人以松。殷人以柏。及
周人而以栗。敝國寄在槐安。貞乃天上靈星、國
家喬木樹在王門之內、聲聞鄰國之間、更喜內
有中宮、外有右相、今日政機多暇、且與君臣同
遊、筵宴已齊、只待右相來到、

黃公前後二句如兩園底相六峩氣象富而深藏王用參右相止書一句恐君尘之翔不在氣象華去聲

海棠春後 外扮右相上 絳闕朱衣。丹臺紫氣。別是一門天地。把酒玉堦前。且慶風雲際。

見介 右丞相武成侯臣段功見 王 請起。今日三卿知吾意乎 右 愚臣未知 王 吾喜近日天鮮積陰。地罕行潦。有禮有法。國中無濫綱之辟。無害無災。境外有玄駒之馬。便是穠蘇無警。足知公於禮樹有人。待與卿遨翔宮樹之前。逍遙封疆之內。卿意何如 右 君臣同遊。太平盛事。但[illegible]象[illegible]今十八路國公門門上觀禮等侍。[illegible]

主親別行賜宴、槐階之下、但貴卿同、右進酒介

歷大王千歲、

【惜奴嬌】王大塊無私。費工夫點運幽瑣玄微謨道八龍帝虎。是誰立定朝儀。希奇。成一國非容易。也分取河山勢。右合喜良時暫開群臣擁出宮庭往來遊戲。

【鬭寶蟾】右須知。粃粟能飛。一星星體性。誰無雄氣。恨些些須封壤。草朝麤立。吾志要行。天上磨。還聽海宇齊。衆合且徘徊。看地利天時。再行移徙。

（王）父不曾槐陰下一遊今日盡由共觀賞（行介）

（生）衣香（衆合）荷濃陰。葉兒翠映春光。餘兒碧來去驕依。縱橫條直眼見參天百尺枝。似樓桑村裏嬸

枒叢桐。爺重重遮蓋到登基。龍庭朝會。但有分成基業。豈嫌微細。人衆成王。排班做勢。

漿水令謝蒼穹調勻風日。承后土盤固根基。九重深處蝦蟆巍巍。一線之間。九曲巡回。窰[illegible]立朝市。土堦穴處今何世。拜的拜跪的跪。君臣有義。走的走立獅子無知。

國王弔場不但外等先下便執事難做務且國母遣郡主一選婿亦費有內與人商辭此為戲張正與司之詞也

〔尾聲〕〔上〕建邦啓土登王位。你入閣穿宮拜相宣。〔合〕但願萬萬歲根兒蟠到底。

〔王〕萬物從來有一身。一身還有一乾坤。

〔右〕敢於世上明開眼。肯把江山別立根。

〔右相淳末先下〕〔王弔場〕我想公主瑤芳年已及笄、該招駙馬、只是本國中一時難得智勇之士、可以充選、不若到人世間、遍行尋訪、必得其人、如今且同宮去、與中宮計議而行便了、

第三折 禪請

以毘婆寶塔蟻
蟻爲淳于家
南柯前因此
根要到可什
楚謝家

(丑扮行者持帚上)積水養魚終不釣。深山放鹿願長生。掃地恐傷螻蟻命。爲惜飛蛾紗罩燈。慢來慢來、掃過處上來、未掃過休來者、(內問云)這是爲何、(行者云)恐傷螻蟻性命、(末扮契玄法師上)(丑下)自家契玄法師是也、自幼出家修行、今年九十一歲、在梁天監中前身曾爲比丘、跟隨達摩祖師渡江、楊州有七佛以來、毗婆寶塔、老僧一夕捧執蓮花燈上於七層寶塔上、忽然傾瀉燈油、在於蟻穴之內、彼時不知、當有守塔小

沙彌、顏色不快、老僧問他、敢是費你掃塔之勞、
那小沙彌說道、不爲別的、以前聖僧天眼難瞞、
此穴中流傳有八萬四千戶螻蟻、但是燃燈念
佛之時、他便出來行走瞻聽、小沙彌到彼時分
施散盞飯、與他爲戲、今日熱油下注、壞了多生
老僧聞言、甚是懺悔、啓恭達摩祖師、祖師說道、
不妨、他蟲業將盡、五百年後、定有靈變、待汝生
天、老僧記下此言、屈指到今、恰好五百來歲、欲
往揚州、了此公案、無奈老病因循、你看這潤州

入定出定、是法門體

城對着金焦、好不山川攢秀也、禪堂幽靜、我且入定片時、看做甚麽境界、淨小生扮僧外扮且扮俗持書上、有時鶴去愁銜錫、何處龍來喜聽經、小僧是對江揚州孝感禪智三寺住持、祗因十方大衆發心求契玄禪師說法、和這居士們過江來、此間是甘露寺方丈、不免徑入、呀、禪師入定、敲他雲板三聲、敲介契玄醒介四衆爲何而來、衆跪介揚州合郡僧俗、敬選七月十五日、大會盂蘭、虔請法師、講經說法、有十方喜信書

此辭語之佐者

疏呈上呈書介契玄展書念介竊以某等生維
揚花月之區。豈無惡業。接古潤金焦之境。亦有
善緣。凡依玉蓋之花。盡抱香檀之樹。恭惟甘露
山主、契玄大師座下、性融明月、德普慈雲、鐘鼓
不交參。截斷迷流。開覺路。風旛無動相。掃除塵
翳落空華。見三世諸佛面目本來。入一切衆生
語言三昧。盂蘭盆裏。揭開朶朶金蓮。寶月燈中
打破重重玉鑰。雖則小山禁足。久如大衆歸心。
惟願慈悲。和南攝受、契貧僧老矣、不能過江如

南柯記　卷上　九

何衆只、望法師憫念衆生、慈悲方便、契玄背云

我想揚州螻蟻因果、敢在此行（回介）

竺叶音主

【正宮端正好】我則是二文殊。降下這三天竺。渡江南一葦菰蘆。金焦擺列鍾和鼓。這寺院名甘露。

處叶丑雨切

【滾繡毬】但說的是附鴈傳書。有要還鄉曲調。無怎生是石人起舞。怎生是新婦騎驢。那裏有笑拈花。

入叶如去聲

喫荔枝。笑拈香。聽鷓鴣。則許你單刀直入。怎容他避箭遮虛。我這裏君臣位上賓和主。水月光中我帶渠世界如愚。

中有好處念歡迎

（眾作請介）只望法師憫念眾生、慈悲方便（契）旣十方懇請、老僧只得過江走一遭、

倘秀才您待要三千界樓臺舌鋪。不消的十二部經坊印摹。早則把罪業從頭盡懺除。禪門三下板塵世一封書。俺也是親憑佛祖。

（眾）旣蒙允許、我等先回本寺整備法供謹候禪師便了（做行介）（契）四眾回來老僧再分付你、

煞先在禪智院立一本百千萬億投名簿。後在孝感寺掛一軸五十三參聽講圖。（眾領法旨）（契）除了

元北曲未有用落場詩者刪之

那戒壇前石點頭。則待看普諸天花下雨。（下）

第四折　宮訓

【夜遊宮】（老旦國母引外扮內官丑扮宮娥上）宮樹槐根隱。從地府學成坤順。（衆）畫扇影隨宮燕引。聽重門晝漏聲。花外盡。

借得槐陰寸穴餘。闢成國土儼王居。朝中豈少風流客。又向人間何所須。自家大槐安國母是也。止生一女瑶芳、號作金枝公主。姿才冠世。婚嫁及期、授書史於上眞仙姑、學刺繡于靈芝國一嫂咋承王命，要求人世良姻，必須有眼之人，方得多情之婿。我想起來，則有姪女瓊英郡主，能會瞧人，待我先與公主出來，示以此意，然後分付姪女，依此而行。（內官公主到）

【夜遊宮】（旦公主引隊旦宮娥上）幻質分靈蠢也，會的施朱傅粉。（合）一般人物嬌和嫩，這芳心，洞房中誰簇緊。

（見介）孩兒瑶芳叩頭，娘娘千歲。（國母）公主，你年已及笄，名方弄玉，今日依於國母，他日宜其家

三曲末句皆用人字是曲中奇色

評善哉

人四德三從可知端的（旦）孩兒年幼望母親指教

【二犯傍粧臺】（國母）一種奇靈根依然樓閣貫生存論規模雖小可乘氣化有人身中宮忝作吾王正下國慿稱寡小君（生合）掌司陰教齊眉至尊須知三貞七烈同是世間人

【前腔】（旦）小小貴芳塵念瑤芳生長在王門雖不是人間世論相同掌上珍寒餘紡窕深閨晚暖至手茸別洞春（搽旦合）文王庭訓娘親細論難道三從

郡主有玩仙燈引弄國母傍粧臺兩俱删

四德。偏是不如人。

（貼扮瓊英上）瞥離濯龍門、還登鳴鳳閣、（入見介）郡主、瓊英叩頭、娘娘千歲（見旦介）公主見禮（兩

會姊到來、（國母）郡主聽旨、近因瑤芳長成堪招駙馬、君王有命、若於本族內選婚、恐一時難得智勇之士、不堪扶持國家、要於人間招選駙馬、聞得七月十五日、這揚州孝感寺、禮請契玄禪師講經、人山人海、都往禪智寺天竺院報名、到得其時、郡主可同靈芝夫人、上眞仙子、三人同

往聽講、但有英俊之士、便可留神、(貼)謹遵懿旨、
(旦)郡主、我便同你去聽講、如何、(貼)公主體面、未
可輕去、(旦)這等、奴有金鳳釵一對、文犀盒一枚、
奉獻禪師講下、表我微情、(貼)這個使得、
【前腔】光景一時新。待相同隨喜。終是女兒身。獻鈒
頭、金鳳釵。盛納盒、錦犀文。也知妹子無他敬。如是
觀音着我聞。(旦合)表咱誠信。供他世尊。管教靈山
會裏。遇着有緣人。

尾聲刪

(國母)選佛場中去選郎。禪床側畔看東床。

原本溜二沙三上俱字々雙今改窣地錦襠

(旦)疾去疾來須隱約。(貼)好音先報與娘行

第五折 謾遣

(窣地錦襠)(淨扮溜二上)揚州子弟好風流。只我溜二名兒最打頭。百伶百俐百無愁。柳陌花街處處遊。

自家揚州城中、有名的一個溜二便是、一生浪蕩半世風流、但是悔氣的人家、便請我撮科打諢、不管有趣的子弟、都要與他鑽懶幫閒、管甚麼南庄田北庄地、有溜二、便是衣食父母、那裏

有東隣邀、西隣請、則沙三是個酒肉弟兄、知音的、說我是妙人、好人、老成人、少趣的、叫我是敗子、哄了光棍下、且自由他笑罵、只圖自己風光、[illegible]幾日不見沙三、尋他鬧中去、

〔前腔〕搽旦扮沙三上揚州子弟會幫閒、誰似沙三到處鑽。昨宵撞着夜巡官。被他一卜傘斧打十三。〔溜〕沙三你犯夜了、〔沙〕不犯夜、不是子弟也哥、〔溜〕兒弟這幾日嘴閒了、〔沙〕和你大路頭站去、〔山鷓〕上白雲在何處。明月落誰家。〔沙〕小哥落在這裡、

山鷓大哥、我東人淳于家要請溜二沙三官耍子、他們住在那裏、溜沙我二人便是、你東人做甚麼生意、山鷓做裨將、沙做皮匠、這等叫我去幫鑽、山鷓不是軍營裏副將、溜是那會喫酒的淳于公麼、山鷓着、溜沙便去便去、有酒舊傾蓋。無錢新白頭。下生上、集唐、棄置復何道、悽悽吳楚間相憶不相見、秋風生延關、我淳于棼、休官一落魄頼酒消寃、爭奈客散孟嘗之門。獨醉槐階之市。想吾生直恁無聊也

此曲多不合調處今改正

難道普乾坤醉眼偏許屈原醒句佳

【錦纏道】我本待學時流，立奇功俊名。談笑朔風生。怎如他蒼生口說難憑。總不如滴珠槽、半盞河清。拚則是吸長鯨浸殺劉伶。道的個百無成。早擲度良辰美景。做帶帽兒堵酒甕。且落得酒淘真性。難道普乾坤醉眼偏許屈原醒。

（山鷓同溜沙上）（報介）溜二沙三官到。（見介）（溜）小人名溜二。（沙）賤子即沙三。（生）久聞纔識面。（溜沙合）十個更酸鹹。（生）怎麼十個更酸鹹。（溜）適間老翁說，把九文錢纔哭個麵、沒鹽酸的。因此小子

加一文、（生笑介）敢問二位在城在鄉、山鳴先下、

（溜沙）好姐姐廣陵郡中一城。識溜二沙三名姓。玲瓏剔透人前打眼睛。隨會輿。煙花隊裏能爭勝。風月場中最有名。

（生）請問二兄、那裏可以遊耍散悶、（溜）淳于公、孤老院耍去、（生）這是貧子去處、怎生好去、（沙）不是、是表子鋪、（生）揚州諸妓、我已盡知、可別有甚去處、（沙）有有有、孝感寺中元盂蘭大會、僧俗男女、都去潤州甘露寺、請契玄禪師講經、（生）這等我

二沙三世
蒻傘頭寺
小生孝感

惹出一大夢非遇卿幾不醒

們同去聽講如何、(沙)那裏喫素淳于公貪酒哩、
(生)那有此話、
前腔吾生醉鄉酩酊。飲中仙有遮禪中聖。長齋繡
佛粧嚴得人世清堪。乘興行隨白馬藏鞭影。坐聽
黃龍喝棒聲。
(生)忽忽意不樂。　醒人相伴閙。
(貼)上方隨喜去。　(沙)秋色滿盂蘭。

第六折　遇粲

普賢歌(丑扮五戒上)終朝頂禮拜如來。人肉樣違

已小蘇上聲

婆羅門舞以
見本傳寸改
置此存之

花業作壺一家酒和色三分氣命賍領着個鐵圍山難佈擺。

小僧揚州府禪智寺一個五戒是也近因孝感寺作中元盂蘭大會十方僧俗去請潤州契玄禪師講經那禪師法旨凡有聽講者先于小寺投牒報名方去聽講不免在天竺院水月觀音座前點起香燭安置疏簿待十方善信報名雖然如此也須有個聚人法兒方纔引得遊人爭來觀看我少年時曾遇一個番僧傳與我婆羅

觀瑞瓊英華紐上不更有情字

瓣音抄

原本皆督歌甚不韻今改爲鏤鏤金蓋生上亦此曲也

門胡旋舞、如今到山門前、舞他一迴、看道如何、

【對玉環帶過淸江引】頂禮天壇。風飄長繡幡衫袖爛斑。腰身拴束彎。舞一回觀音坐寶欄。日映處金渊燦。拍手散天香。合掌開蓮瓣。管教他婆羅門迴笑眼。

呀舞猶未了、早有三位女娘來也、只索迴避、下

【鏤鏤金】瓊英同老旦扮靈芝搽旦道扮上眞姑上再紅袖整翠鈿。一般粧束好。俏嬋娟料是無人識、改頭換面。九的蓮花池上竹林前。和伊且消遣。和

臨川作書寫見既非禮拜所宜且後第八折有做曲敘[illegible]

伊且消遣。

（貼）奴家瓊英郡主、承國母之命、和這靈芝國嫂、上真仙姊、同來禪智寺報名、孝感寺聽講、就裏將瑶芳妹子金釵犀盒施于禪師座前、看有意氣郎君、招與瑶芳爲壻、這是禪智寺天竺院了、池邊好座紫竹觀音、那香案之上有報名疏簿、我們先夫焚香拜了、纔好僉名。（三旦同拜介）

【江兒水】（貼）南無世尊。鑒咱心願。便微蟲也有姻和眷。望慈悲肯爲行方便。（合）人天佛天三千大千。早

說之以與生合莫疑見[illegible]記[illegible]讀明[illegible]是一[illegible]讀無[illegible]并是唱法流香玩[illegible]羨音線

得個東床佳選。

（貼）有人來了、我們且池邊盥手去、（做洗手介）

（鏤鏤金）生騎馬引山鶴上、無聊賴。不自憐。特來禪智院。打俄延。寂寂蒼苔上。落紅如霰。門前繫馬拴金鞭。有人早瞧見。有人早瞧見。

（下馬介）這是觀音座前疏簿在此、我淳于棼就此拈香報名、（拈香拜介）

（江兒水）淳于弟子。愁情一片。這愁情一片無處遣。空門來聽開經卷。待我僉名、（寫介）僉名自僉。暫一首

原本有回子石延點絳唇瓊英黃鶯兒尾聲諸曲並刪

試觀（作見貼介）怎水竹池邊活現

（貼笑回身介）靈芝嫂、這濕汗巾兒、晒在那處好、（生背介）此女子秀入肌膚香生笑語世間有此天仙乎（回介）小娘子的汗巾兒待小生効勞挂於竹枝之上（貼笑遞汗巾生接介）這汗巾粉香清婉、不知可許小生懷之袖中、挹卿香汗（貼衆笑不應介）池光花影娟娟可人、（生做挂汗巾歎介）淳于棼可是遇仙也、他幾回自語、一顧傾人、急節中間、難以相近、不如且自孝感寺聽經去、

今揚州孝感寺契玄禪師像尚持釣竿

山鷓看馬來、（上）上馬（介）紫騮嘶入落花去、見此躊躇空斷腸、（下）（貼）此生有情人也、他說去孝感寺聽講咱再瞧他去來、

（貼）為看婆羅舞。相逢騎馬郎。

（老旦）尋荷終得藕。（搽旦）池上白蓮香。

第七折　情著

（淨扮首座僧持釣竿上）釣綫常在手中拿。影得遊魚動晚霞。海月半天留不住。醒來依舊宿蘆花。貧僧乃潤州甘露寺契玄禪師首座弟子是

契玄升座白太多刪之

也、近因揚州孝感寺請師父說法、貧僧領着衆僧、安排下香燈花果、禪床淨几、待師父升座、大衆動法器者、（小生丑外雜鼓樂引契玄升座介）高臨法座唱宗風。翠竹黃花事不同。但是衆星都拱北。果然無水不朝東。取香來、（拈香介、）此香不從千聖得。豈向萬幾求。虛空觀不盡。大地莫能收。拈香指頂。透十方之世界。熏四大之神州。爇向爐心。祝皇王之萬歲。願太子之千秋。大衆若有那門居士、禪苑高僧、參學未明、法有疑礙

自今生酹等
但有偈語明
上場[illegible]
[illegible]師問
[illegible]六字應
上加唱引子
引故並删

淳生三問煩
惱因果而法
師引詩句答
之則宗門教
也

今日少俾問答、有麽。（生上）有有有、小生淳于棼來此參禪、想起落托無聊、終朝煩惱、有何禪機問對、就把煩惱因果、動問禪師。（見介）小生淳于棼稽首、特來問禪、如何是根本煩惱。（契玄）秋槐落盡空宮裏、凝碧池頭奏管絃。（生）如何是隨緣煩惱。（契玄）雙翅一開千萬里、止因棲隱戀喬柯。（生）如何破除這煩惱。（契玄）惟有夢魂南去日、故鄉山水路依稀。（生沉吟介）（契玄背介）老僧以慧眼觀看此人、外相雖癡、倒可立地成佛。（向天大

蟻子句與前第三折照應

衆、還有十方善信未悟禪機、再申（下）答、有疾、貼老旦搽旦上有有有契玄笑介淳生你帶着眷屬來哩、生回看介是好三位女娘背歎介禪師怎知我原無家室、貼見介大師稽首、契玄蟻子爲何而來、貼爲五百年因果而來契玄是了是了吽行者鋪單、淨鋪單介響唱介五十三單整齊、契玄舉來、貼捧經介妙法蓮華經、觀世音菩薩普門品、契玄六萬餘言七軸裝。無邊妙義廣含藏。假饒造罪過山嶽。不須妙法兩三行。

臨川用歌戈韻、我以家麻韻之今改正
覺叶戈上聲
大音墮
引經內天大將軍人非人等身度豈但法師神通臨

【梁州序】人天金界、普門開覺。無盡意、參成佛座。因緣說法。以觀世界婆娑。佛告衆生受苦。但唱其名。顯現無空過。貪嗔癡、應念總銷磨。求女求男智福多。（合）如是等。威慈大。是觀音無上乘因果。齊頂禮薩摩訶。

（生）謹參大師、小生曾居將帥、殺人飲酒、怕不能勾度脫、（契玄）經明說着、應以天大將軍身得度者、菩薩即現其身而度之、（貼）問介、稟參大師、如女如何、（契玄）經明說、應以人非人等得度者、菩

叶於內典亦讓字

珞叶羅去聲

脫叶音妥

末叶摩去聲

薩即現其身而度之（貼作驚對老旦介）這大師不說應以女身得度、倒說個人非人、豈不神通廣大、（老旦）大師眞個天眼通、（貼跪介）有個妹子瑶芳深閨嬌小、未克恭承、附有金鳳釵一雙、文犀小盒一枚、願施講筵、望大師哀愍、（起唱介）

前腔紫衣師天眼摩挲他頸鶯嬌幾曾有瓔珞。待學盡形供養。化身難脫。願把寶珠拋獻。比龍女如何自笑生微末。施的些兒個恨無多。一分能分做兩分麽。（合前）

盒叶何上聲

磨叶摩去聲

(生背介)奇哉此女、(回介)大師、金釵犀盒、願借一觀、(看介)回呀、(嚇介)人與物、皆非世間所有、

【前腔】鳳凰釵對舞雲窩。賽煖金一枚犀盒。(背介)看他春生笑語。媚剪層波。空把靈犀舊恨。小鳳新愁。向無色天邊抹。(契玄做冷笑介)(生)價值千百兩。未為多。一笑拈花奉佛陀。(合前)

(生)大師、此女子從何而來、(契玄背介)此生癡情妄起、回云、你聽白鸚哥叫道、是蟻子轉身、(生)是女子轉身、(契玄笑介)目中了、法衆往參咱人定

法師說方便門有梁州序前腔又說無盡意菩薩等白並删

此處即點出妹子還妙句益使淳生心

去來大千界裏問寬掌。不二門中暗點頭。下〔生〕
禪師去了、倒好絮那小娘子一會、敢問小娘子
尊姓、〔貼等不應介〕〔生〕貴里、〔又不應介〕〔生〕敢便是
前日禪智寺晒汗巾的小娘子麼、〔老旦貼笑介〕
然也、〔生〕
節節高雙飛影翠娥。妙無窮。這人兒合上蓮華座。
〔貼笑介〕我有個妹子還妙哩。〔生笑介〕纔說那鳳釵
犀盒、就是你妹子附寄的麼、他言輕可。誰看破。空
提做。世間敢有那人間貨。妹子妹子、你有鳳釵犀

蕩魂搖不能自持矣

嗑叶音訶　閣叶音家

盒、央他送在空門、何不親身同向佛前囉。和我拈香訂做金鈿盒。（搽旦）啐、你也叫他妹子、（生）咦、我淳于棼、好是無聊、小娘子請了、無語落花還自笑。有情流水爲誰灑。（下）（貼）靈芝嫂、這生好不多情也、（老旦）看來駙馬無過此人、

前腔　相逢笑臉渦。太情多。暮凉天、歸去愁無那。牙兒嗑。影兒那。心兒閣。向人天結下姻緣大。（貼）這生我常見他來、（老旦）你不知和我國裏相近、淳于生

老旦先下便叚於國母也此戲中回覆孚續去

名夢的便是。（合）大槐邊一朱玉舊東家。做。羅浮夢斷梅花卧。

（貼）只怕不是這淳于生。（老旦）你不信呵我且先回稟知國母去。你和上真仙姑。再到他那裏訪個的實來。（先下）

（尾聲）（貼）會經堂下人千個。笑那無緣的。都也不着科。公主公主。我和你選這個人兒剛則可

（貼）似蟻人中不可尋　觀音講下遇知音。

（搽旦）有意栽花花不發。　無心插柳柳成陰。

嫦娥也知否
色用得恰好
客叶皆上聲
寧音貴

第八折 决壻

西江月前 國母引末扮內官丑扮宮娥上 嫦娥也知春色。宮槐夜合朝開。生香一搦女嬌孩。少甚麼王孫貴客。

自家槐安國母。為選姪女瓊英、叅禪聽講、方便之中、因為公主瑤芳、選取駙馬、怎麼去了許久、還不見來回話、

西江月後 貼上 遊客青袍駿馬。女兒窄袖弓鞋。他生未卜此生諧。還則要宮闈聽采。

〔見叩頭介〕啓娘娘郡主瓊英復命國母講座之中可得其人〔貼〕有一人姓淳于名棼是這廣陵人氏同在講筵我和靈芝嫂上眞妹於講下獻上公主的犀盒金釵此生顧盼有餘賞歎不足他既垂情于咱咱堪留目于他若搢此人堪持咱國

黄鶯兒天竺見他來順梢見到講臺眉來語去情偏在睃他外才瞟他内才風流一種生來帶娘娘你道此人住在那裏〔合〕更奇哉槐陰不遠遶理就

悲愴不遂遣
起處中前諸
作

中開。

前腔【國母】天與巧安排。逗多情看寶釵。向燒香院宇把人兒賽。貪他俊才。倍咱女才。這姻緣一種前生債。合前

【國母】國母既知如此、奏與國王知道、遣官迎他便了、

【國母】選郎須得有情人、　誰似淳于好色身、

【貼】欲附玄駒為貴壻。　始知騏驥在東隣。

第九折　就徵

駐音諧
起二句尋常

駐雲飛【生作懶態上】伶俐癡騃。萬事難瀟一字乖。

語也入曲最難曲中咳哥兒三字皆以韻代嗏字本新安做法吳下以爲笑端不知西廂有云哈怎生不肯回過臉兒來亦一字一韻也至哥兒字水花面之口亦何異焉

有的年華太沒的心情奈（咳）獨自倚庭槐日遣天矮。聽他唧唧嘮嘮。絮的我無聊賴。記得誰家金鳳釵。

我淳于棼人才本領、不讓於人、到今三十前後名不成、婚不就、家徒四壁、守着這一株槐樹冷冷清清、想人生如此、不如歸休、前日在孝感寺聽了禪師講經回來、一發無情無緒、我可甚打起頭腦來、止有一醉而已、如今撇下山鷓兒儘意街坊遊去、但有高酒店鋪沈醉一畨、豈是不

檀樹下歌書是檀羅國張本

須阮籍窮途哭。但學劉伶死便埋。【下山鷓】上好笑好笑、沒煩惱、趂煩惱、我東人百般武藝做了個淮揚裨將、使酒丟了這官、鬱鬱不樂、那酒友周弁田子華、又散歸六合去了、不禁蕭索、請的個溜二沙三、陪話解悶、被他勸去孝感寺聽講什麽經、自從聽經回來、一發癡了、不是醉、便是睡、沒張沒致的、恰纔我溪邊檀樹下歌書來、不知東人就往那裏去了、怕他鬼迷、一般或是醉倒在街坊不雅相、待去尋他、又無人看家、怎生

䨔青床

是好（望介）好了好了、溜二、沙三、官來了、（溜沙上）酒見酒。好朋友。（沙）酒見茶。是冤家。（溜）山鷓哥主人在麽、（山鷓）正來央你二位看家、我尋主人去、（溜沙）正是你自迎接主人去、我替你看家便了、（山鷓下）

（前腔）山鷓一手提壺肩扶生醉上（山鷓）落㒲摩陀。爛醉如泥可奈何。你喧的猴兒挫。我閃的肩兒那。內笑介好醉漢也、（山鷓）哥、醒眼看人多。恁般低垜。半落殘尊。又帶回家嗑。萬事無過一醉魔。

瓊渠盈切　兄虛盈切　螢移京切

〔溜沙〕哎呦這是怎的來〔山鷓〕好笑再尋不見可憐醉倒在禪智橋邊酒樓上扶的下樓還捨不的這半瓶酒。又要我帶了回來。〔生〕做吐介〔溜〕哎也一肚子都倒在我兩人腿上好酒好酒山鷓哥你快取茶來

〔前腔〕溜你泛濫流瓊。似太白當年欲跨鯨。待把你衣冠正又站不的身兒定。〔取茶進介〕兒靠着小圍屏。一杯清茗。瀟灑西風醉後留清興。〔合〕待月乘涼看小螢。

駐雲飛用三曲已足且生踊矣亦不應更唱以攪聽思
應吾試

淳生夢中矇矓見二紫衣蹝前如此景象宛耐做

生倦介扶我東廡下睡去那瓶酒好生放著。沙
笑介你醉的恁般、還記的這瓶酒、扶睡介山鵰
哥你再取茶來、我們燒些湯且洗乾淨了脚、隨
他睡去。正是人家堂上催飲酒、自家房裏好安
眠、下末小生扮紫衣官雜推車上、為築王姬館、
叨乘使者車、我兩人大槐安國使者、便是本國
王命、召請淳于為駙馬、他正睡在東廊、直入則
個、叫淳于公生驚醒介是誰、紫衣跪科
鎖南枝紫槐安國。王者都。吾王遣臣來奉書。生因

腹叶音府

秋窗風剪槐葉初可入詩話

何而來、（紫）王命有區區。微臣敢輕露。（生）聽得正酣嚜、（紫扶生起介）請下榻。紅袖扶。我那裏有東床坦君腹。

（前腔）（生）如萍散。舊酒徒。正秋窻風剪槐葉初。一枕黑甜餘。雙星忽臨戶。（做伸腰介）朦朧醒。伸欠舒。整衣襟。懶移步。

（前腔）（紫）青油幛。小壁車。駕車白牛當步趨。（紫）請生上車介　左右有人俱。扶君出門去。（生）向那裏去（紫）北古槐樹穴下而去、（生）槐樹小穴中。何因得有國

驅去聲

都乎（紫）淳于公不記漢朝有個寶廣國他國土廣大也只在竇兒裏又有個孔安國他國土安頓也只在孔兒裏怎生槐穴中沒有國土古槐穴國所居莫遲疑但前驅

（下）丑雜執棍引右相上秋光滿槐葉春色候桃夭自家槐安國右相武功便是吾王傳令請東平淳于生爲駙馬請到職先在東華館住下待我相見過方引入朝只駙馬初到此中精神恍惚恐其不安他平生有個酒友周弁有個文友

車昌蛇切

郭音享

物叶音務

田子華已奏過吾王、攝取他來、將周弁補司隸之官、領軍吏數百、巡衛宮殿、請田子華替他賓館中更衣贊禮、又國母懿旨着上眞仙姑和靈芝夫人、瓊英郡主、同去賓館中、探望駙馬、調戲其心、方纔請去修儀宮、與金枝公主成親、我如今且待駙馬到東華館拜望去、正是仙郎高館下。丞相小車來。［下］［二紫衣同生車上介］

【前腔】［生］車箱路。古穴隅。豁然見山川風候殊。怎有這個所在。不斷的起城郭。車輿與其人物。奇怪、一路

甚着行人都避路導生作此疑訝方與後遣歸時有照應

來，但是見我的，都迴避起立，何也。附車者前導呼為甚着行人都避路。〔紫衣跪介〕已到國門了。〔生〕好一座大城。城上重樓朱戶，中間金牌四個字。〔念介〕大槐安國。〔搽旦扮卒執旗上〕傳令旨，王以貴客遠臨，且就東華館暫停車馬。〔卒叩頭起，前導行介〕〔再唱附車者二句〕〔紫〕這是東華館，請下車。〔生下車介〕〔末紫衣旗卒車先下〕〔生入門笑介〕這東華館內，綵檻雕楹，華木珍果，列植於庭下，几案茵褥，簾幃肴膳，

不增此曲則淳生右相何以下塲予嘗怪屠長卿作曇花記有白數千言竟無一曲以爲臨川渠之蓋元

陳設於庭丑上這等富貴使我心中不勝歡悅（丑）雜引右相紫上介（紫）右相到、（見介丑雜下、（右）寡君不以敝國遠僻奉迎君子、托以姻親、（生）小生賤劣之軀豈敢是望、（右）有紫衣官在此演禮五鼓漏盡、相引見駙、

前腔你本英豪客。我那金枝公主呵、是絕代姝好。夫妻赤繩繫不虛。明日五更初相陪見朝去。（生）慚愧我不肖軀。甚因緣尚公主。

（右）駙馬事已至此不必太謙、

□□有此 不知出乎體 不能概用折 多乎也

【生】且就東華館、通宵習禮儀、
【右】鷄鳴傳漏曉、駙馬入朝時

第十折 引謁

【點絳脣】【前周弁引丑雜扮直殿上】古洞今朝。一般龍蓋。【末扮黃門上】山河小。鐘隱鳴稍。【合】綠滿槐陰道。

【末】綠槐根裏侍朝班。一點朱衣劍佩環。【周】畫道官除藻司隸。此間那得似人間。【與末舉手】【介】請了、我平生好酒使氣、今日大槐安國中、作一司

宮吾若
竟孝跡

隸之官、統領軍吏數百、擁衛殿門、有故人淳于棼、新拜駙馬、初到朝見、不免和黃門官在此候駕、

【點絳脣】後蟻王引老旦搽旦扮內官旦貼執符節上　素錦霜袍。朱華玉導紅雲曉。槐殿岧嶢。也引的紅鸞到。

自家、槐安國王、有女金枝公主、招選淳于棼爲駙馬、昨已到來、不免升殿宣見、黃門跪介奏知大王、駙馬已到、貼着右丞相引駙馬升殿、黃門

此折原止絳都春序二曲臨川每喜爲之何也此曲頗無好腔惟明珠記劉尚書上場在焦急時唱此爲得然亦自有他曲終其後令國王升殿冠裳濟濟引新駙馬謁見亦用此調則無鳴無徵豈不索然今改

應介領旨

降黃龍、生隨右相上、自分蓬茅。若個吹嘘得上雲霄。周駙馬行動些、殿上等久、生心中揣猜。道駙馬名兒。是甚根苗。右駙馬近前、一同拜舞、生偷瞧龍顏。日角端的有君王奇表。周右合更威儀金爪玉斧。明晃晃周遭。

右相叩見稱千歲、介生跪奏介前淮南軍裨將、臣東平淳于棼見、黃門贊拜興、三叩頭介駙馬俯伏聽旨、王寡人有女瑤芳封爲金枝公主、前

降黃龍黃龍滚各二曲又尾聲俱意象俱足臨川有知必當絕倒地下

天顏有喜二句佳

介白佳

奉令尊老親家之命、不棄小國、敢以弱女、奉事

君子。〔生〕千歲、

〔前腔〕〔王〕聽告、有女多嬌。待築秦臺、學弄瓊簫。〔生〕微

臣有何德能、敢當此寵命。〔王〕這本親翁雅意、屢次

通書。許附松喬。何勞再三推遜。想和你姻緣非小。

〔黃門貼旦合〕殿廷中、天顏有喜。駙馬來朝。

〔丑雜先下〕〔生〕這是周弁、如何也在此。

〔黃龍滚〕當初別故知。當初別故知。此地還逢着。舉

止聲音。直恁能相肖。〔周〕特爲君家、護兵前導。〔生〕周

介白雀

【合】也是我夙世緣天湊巧。

【王】駙馬且就東華客館居住、待到吉日、請赴修儀宮、與公主成親便了。【生】跪介千歲、

【前腔】【王】銀河渡有時。銀河渡有時。金屋粧休較傳語靈烏。索把橋塡星。【右】暫寓東華佇聽宣召。【合】這佳期應只在暮和朝。

【尾聲】侍臣鵠立宮槐道。看合殿爐烟繚繞。准備着雲雨巫山夢裏交。

【王】招他才子作良姻。【右】暫住東華待吉辰。

駙馬轄駐東
華館公主邸也
黃標望人攝
周田二友同
在其國山本
傳也唐人小
說家周匝如
是故臨川為

〔生〕從來不信叔孫禮。今日方知王者尊。

第十一折 貳館

〔丑扮聽事官上〕出身館伴使、新歷堂候官、前程螻蟻大、禮數鳳凰寬。自家、槐安國東華館、一個堂候便是、我王新招駙馬入朝、暫停賓館、今夕良時、往修儀宮、與金枝公主成親。你看一路上、擺列金盞銀鴈各一二十對、鸞鳳錦繡各百二十雙、妓女絲竹之音、由騎燈燭之艷、無不齊備、真個天上牛女、地下螻蟻、道尤未了、駙馬登上、

南柯邯鄲二傳奇皆不敢妄有增益而埋伏照應皆悉備矣

上林春〔生紫衣上〕平步忽登天子堂。尚兀自意迷心恍。

〔丑跪接介〕堂候官迎接駙馬爺。〔生〕我淳于棼有何因緣、得到此間、瞻天仰聖、說及成親一事、承令尊親家之命、此話好生蹺蹊、我父昔爲邊將、未知存亡、或是北邊番王、與這槐安國交好、家父往來其間、致成此事、亦未可知、呀有三位女客來了、〔丑先下〕

出隊子〔貼老旦搽旦上〕鳳冠明漾。鳳冠明漾。綵碧

帔音配
颺音揚

金鈿珠翠香煙縷。繡帔晚風颺。誰在東華屋裏張。【生做避介】【衆】却是淳郎。做了阮郎。【生作揖介】【老旦】淳郎比前興了些。【貼】覺得瘦了些。【搽旦】待我向前摸摸他是興是瘦。【貼】淳郎粗中有細。【搽旦笑介】還是細中有粗。【老】中元之日。我們禪智寺天竺院看舞婆羅門。足下與瓊英娘子。結水紅汗巾。掛于竹枝之上。君獨不憶念乎。【生想歎介】曾有這事來。【貼】我們曾於孝感寺。聽契玄法師講觀音經。我于講下獻金釵犀盒。足下于筵中。賞歎再三。俯將良久。

詞中如却是淳郎做了阮郎帽兒光二風流這場皆曲中本色語也

頗亦思念之乎（生）中心藏之何日忘之（貼）不意今日與淳郎遂爲眷屬我們且去修儀宮相候却是淳郎做了阮郎

【前腔】（田子華冠帶上）綵樓賓相綵樓賓相不向天臺向下方金枝公主字瑤芳得尚淳于一俊郎帽兒光光風流這場

（見介）（田）駙馬請上別來無恙謹奉王命來爲賓相（生）子非馮翊田子華乎（田）便是（生）子華何以在此（田）小弟閒遊受知於右相武成侯叚公因

数音朔

夾三旦穿花所謂鬧場

而棲托在此〔生〕周弁也在此可知之乎〔田〕周弁貴人也職爲司隸權勢甚盛小弟數蒙其庇護矣〔生笑介〕三人俱聚于此庶免羈孤之歎可喜可喜〔外扮紫衣官丑推車上〕駙馬吉時已到進宮成禮〔田〕不意今日觀此盛禮願無相忘也請駙馬升車〔紫衣扶生升車行介〕小生雖執燈上引貼老旦搽旦上〔穿花介〕

〔前腔〕〔衆〕翠羅黃帳。翠羅黃帳。夜合宮槐覆苑牆。偶然同向佛前香。粉帕金釵惹夢長。眼色相將。迎歸

曹子悍感田生勸解皆有做

洞房

〔衆旦紫衣小生並下〕〔生〕子華兄那羣仙姊妹、各乘鳳輦往來、況樂聲宛轉淒清、非人世所聞、使我好生悍感、

〔前腔〕〔生〕仙音淒亮、仙音淒亮、來往仙姬輦鳳凰、似洞庭哀響落瀟湘、使我心中感易傷、〔田〕人生如寄、鬧樂不樂何也、休憶人間、相逢未央、前面就是修儀宮了、羣仙姊妹、想都在彼、請尉馬早赴、〔再唱休憶二句下〕

舊本用先天韻又雜出寒山桓歡三韻今改正

第十二折　尚主

【女冠子】國王國母引淨外扮內官上介　彩雲初展。下粧樓盈盈步輦。田上　纔離月殿。試臨新淆。知爲誰留盼。教人腼腆。田請駙馬公主上殿　生上　天仙肯臨見。好略露花容。暫迴鸞扇。貼持扇遮旦上　這姻緣不淺。金穴名姝。絳臺高選。田贊禮拜天地介　轉向拜國王國母千歲介　贊駙馬公主對拜介　田　槐安國裏春生遍。花燭堂中夜合歡。請駙馬公主行合卺之禮　生旦謝恩介　合

錦堂月本四曲而刪其半

畹扶捲切

[illegible]運上[illegible]
詞中[illegible]家近

丑介、淨外先下、

錦堂月生、幘插金蟬釵簪寶鳳英雄配合嬋娟點染宮袍翠拂畫眉輕線旦號金枝舊種靈根倚玉樹、新連戚畹合諧姻眷看綠醞香浮翠幌宮院

前腔國王幸然向雨點花天香塵寶地粧成一曲桃源何用流波蘸出落紅千片國母、仙郎手此日次簫嫦娥面合今宵却扇合前

醉翁子旦簾捲看明月銀河乍轉怕薄命紅顏難攀禁臠生歡宴霧容煙濃家近迷樓好醉眠衆合

迷樓好醉眠。夕淳于佳量顯滅燭且留連用得恰好

襦音如

濡音蠕

原是有今宵暑把紅鸞蘸不知臨川喜用蘸字當是何意乎敗句謂勝之

會相見。是那一種瓊花種下多緣。

（外）淨丑雜執樂器捺旦貼登上（生旦轉介）

（僥僥令）（衆合）淳于佳量顯。滅燭且留連。待得半解羅襦香散遠。渾似上瑤京遇九仙。（並下）

（尾聲）（國王合）聽沈沈玉漏催銀箭。從此後雲收雨倦。也不管夢斷襄王欲曙天。

（國王）帝子吹簫學鳳凰。（國母）斷雲殘月共蒼蒼。

（田）傳聲莫閉黃金屋。好促朝珂人未央。

第十三折　伏戎

挼音挪　濼音情　邏羅上聲　駁音剝

賀聖朝〕〔淨檀蘿王丑扮太子引外雜執旗上〕天地非常變化成團占住檀蘿黃頭赤脚瘦挼濼牛闘看成兩塚〔丑〕父王甲冑在身不能全禮〔淨〕太子到來草昧成中國城池隔外邊豈無刀畫地仍有氣冲天自家乃槐安國東檀蘿國主是也我國東盡白檀西連紫邏子孫分九溪八洞門戶有百孔千牕止因他是玄駒啗形赤駁遂分中外致有高低恃他如赤象之雄看我如黍米之細近日得

蓋書寨

他文書于槐安國上加了一個大字、好不小覷人也、隔江是他南柯郡、地方魚米不免聚集部落、搶殺一番、（衆演介）

【豹子令】（淨）同是蟻兒能大多、能大多。分土分兵等一窩、等一窩。欺負我國小空虛少糧食。不知我穿營驀澗走如梭、（合）安排個個、個個似僂儸。安排個個個個似僂儸。

【前腔】（丑）隔江西畔。是南柯。是南柯。他聚積擅香可奈何。可奈何。定要擺佈槐安、安不得。我征西旗上

紅西旗上也寫大檀蘿此元人語也

看尺土拳山寸人豆馬一樣打圍花鳥此等語絕異

也寫大檀蘿（合前）

（淨）地接羅施鬼　人稱藤甲兵

（丑）南柯無咫尺　同去覓氊腥

第十四折　侍獵

寶鼎現（王引老旦貼持節上）綠槐風小正絳臺清暇日華低照巧江山略似人間立草昧暗憑天道

生右相上（旦）喜君臣遊宴好南鄉偶然邊報（周田引丑搽旦旦雜執旗槍上）看尺土拳山寸人豆馬一樣打圍花鳥

山中佳境

劃音畫

此可作蟻史

槊音朔

見介王 吳頭楚尾吾家國。臺殿玲瓏秋瑟瑟。生 諸邦蟻伏盡無虞。惟有檀蘿費裁劃。王 昨日聞奏。檀蘿侵擾南柯郡界。國久無事。人不知兵。右相欲請寡人畋獵龜山。以講武事。不知本朝先世。曾有征戰之事乎。右 有。漢乾封元年。曾在河內人家。千人萬馬。從朝至暮而往來。晉太元中。曾在桓謙之家。披甲持槊。沿階登竈而飲食。元魏天安元年。在兗州。赤黑相鬬。赤者斷頭而死。東魏武定四年。在鄴都。黃黑交戰。黃者班師而

薨呼橫切　罟音古

薨、此皆吾國征戰之故事也、（王）那畋獵之事、先朝亦有之乎、（右）有、南齊朝、曾在徐玄之家、武士數千、縱橫花氈之上、又以網罟數尺、釣於硯山之池、所獲禽魚、不可勝計、此吾國畋獵之故事也、（王）騁馬以為何如、（生）古者畋獵之事、本以講武、非作禽荒、今南柯有警、正宜出獵、以寓觀兵演哨之意、臣已着司隸校尉臣周弁、掌武處士臣田子華、掌文、臣芬、與右相段功、護駕、（王）這等就此啓駕前行、

此曲唱楊花者誤謂好事近而臨川宣城因之今改正

角叶音皎

此尾二句殊不成語故改之

泣顏回千秋歲俱刪一曲

【泣顏回】〔王〕遊戲海西郊。擺鸞輿、天開黃道。〔左〕陣旗花鳥。惹得獸喧禽噪。〔生〕連天鼓角震山川。草木驚飛跳。〔行介、衆合〕暫看他較獵龜山。暗藏着演武龍韜。

〔王〕此所謂龜山者乎、你看豐草茂林、禽多獸廣、長楊上林、可以方矣、分付六軍大煞手打圍、衆應云。領旨。〔打圍介〕

【千秋歲】展旌旄。密札札如龍罩。四下裏鷲彈飛砲。地網天牢。地網天牢。索擁着掀海爬山神道。騎和

龜山大獵賦於賦休則善入曲則迂故删賦而存並頌
羆音疲

並齊圍繞飛和走休流落（衆喊介）（介）拿住穿山甲（王大笑介）此吾國世仇也（衆）任你穿山攬管生擒活捉怕甚雄驍

（田）處士臣田子華文畢奉小臣躬逢盛典謹撰大槐安國龜山大獵頌奏上隆隆龜山龍岡所蔽玄玄我王卜獵斯至非虎非羆日雨日霽脈猛示武遺癘去智願以龜山十年十世螻蟻微臣祝王千歲（王）昔漢武帝見司馬相如子虛賦歎恨不得與他同時今寡人與子同時幸哉幸哉

鑊叶音和 鐸叶逊去聲

嗘音利

可雕刻此頌、于金鑲玉板之上、垂之不朽、傳旨
眾軍校、再打圍一番、罷獵回朝、（眾云）領旨、穿花
介、
越恁好、打圍歸去、打圍歸去、畢崩崩鼓細敲、迸鉦
鉦點鐃齊悉索、齊鑊鐸、唧嗟嗟玉簫、唧嗟嗟玉簫、
鬧匹喇喇笛聲兒、嚌嘈嗘嘹、翦翦茸茸翠梢、齊臻臻
馬道見立着隊梢、盔纓繳、撒袋搖、一個個歸鞭裊、
順西風揚疾、馬上調笑、
前腔風毛和雨血風毛和雨血、亂紛紛空外飄

漈音際　膘音標

喧喧吽號、狗兒逐鷹兒飄、窣冷冷樹梢窣冷冷樹梢、蘸濕漈漈漈獸巢兒蕭條、這遭喘吁吁競逃、打孩孩順風兒前喝後邀、觀禽貌、揣獸膘、倒說山川小、有這些殺獲不算窮暴、

（王）國家大閱禮成、駙馬中宮留宴、右相可陪、衆國公王親以下、賜宴槐角樓、商議南柯一事、（生）

右領旨（下）衆回介、

【紅繡鞋】（合）聽諸軍肅靜囉唣囉唣。賀君王多得腥臊腥臊。有分例、大賞犒。毛赤剝、肉生燒。審老小、祭

校獵本爲講武故用檀蘿事紐之

淳生得父報書盖爲謁見國王時有親翁之說後有祈父生天事亦小說家妙

鎗刀。霑老小。祭鎗刀。

【尾聲】從禽無獻君休笑。這都是觀兵演哨。佇看檀蘿歎聖朝。

第十五折 拜郡

【西江月】前生上本自將門爲將。偶來王國扶王。風流徧打内家香。更有甚中情未講。

【集唐】秦地吹簫女、盈盈照紫薇。可中纔望見花月倚門歸。日前公主入宮、一來寄書禮于家尊二來替我求一官職、這早晚、一路紗燈想是公

之無作寄書
非則煩矣至
南柯郡守公
主一言即能
得之何必右
相入議故原
本二折並刪

主到來也、

西江月後旦引捺旦扮女官提燈貼捧書上、[illegible]旦

宮闈宴賞。爹娘愛惜瑶芳。月高燈火照成行。款

金蓮步障。

見介捺旦燈下、生公主入宮數晚小生不勝懸

念只因前月成親之時千歲親口分付、係是我

父親之命、我一聞此言、好生疑惑、屢欲進問未

敢造次、近因龜山罷獵留宴內廷、從容談及千

歲既知臣父親所在、願得給假問安、千歲說道、

此小曲臨川似不經意稍為改竄使成句耳

親家職守北土、音問不絕、卿但具書相問、未可便去、小生敬修書信、煩公主入宮轉達、下情不知、曾寄得去否、【旦】奴家入宮、即便稟知父王、遣人送去、想駙馬在我國中、豈可空書候問、奴家因具長生襪一雙、福壽履一對、獻上公公、公由表我做媳婦的一點孝順之意、目今取得公公回書在此、【生】書在那裏、【旦】取書遞介

玉胞肚【生】將書傳上、父王言、禮儀合當、即時聞達寄邊鄉。臨付與叮嚀疾往。不辭萬里路頭長。取得平

安字幾行。

〔生看書介〕平安報付男淳于棼呀只這八個字、分明老父手筆、〔旦〕你且念書奴家聽、〔生念介〕伏承大槐安國王前示欲汝尚主、得書履穫知盛典成就、加以貴主有禮喜慰發狂、別近廿載、朝夕想念、汝以槐序、備國肺腑、百宜周愼、生平親戚里閭、存亾不知餘幾、可詳後信、道路乖遠、風烟阻絕、汝且無便來覲、歲在丁丑、當與汝相見、〔生拍書痛哭介〕我的爹阿、相去十七八年、只道

湯爲第三十
五折中又覲
坐天張本

南柯記　卷上　四十三

故了。何意今朝重見平安書迹、居然如在、不能，
勾相見、要兒子何用。〔介〕做哭倒、旦扶〔介〕駙馬請自
保重、休得過傷
〔前腔〕〔生〕端然無恙。如昔年教誨不忘。問親隣與寮
存亾。叙風煙悲楚哀傷。便道白雲飛處是高堂。後
會知他在那方。
〔末扮紫衣捧詔上〕令旨已到、跪聽宣讀。〔生旦跪
介〕〔紫〕詔曰、昔稱華國左戚右賢、文武並蔵、吾南
柯郡、政事不理、太守廢黜、欲藉卿才、可屈就之。

原本有尾聲刪之

便與公主同往、欽哉、謝恩（生旦起、紫見叩頭介）

恭喜公主駙馬黃堂之尊了、千歲還有別旨、

【前腔】叫有司停當、爲太守南柯治裝。掌離珠感動娘娘。出傾宮錦繡奩房。香車寶騎不尋常。鸞鶴親身餞道傍。

【前腔】（生喜介）敢多希望。憶年時駝遊俠場。（旦）遍人間沒你東床。湊南柯賜飲瓊漿。（合）從來尚主有輝光。富貴榮華在此邪。

（生）多謝公主擡舉、有此地方。（旦）惶愧惶愧。（生）還

此後有第十六爲伍折今删

有一事、南柯大郡、難以獨理、加以小生素性酣放、意欲奏請田子華、周弁、二人同典郡政、何如、(旦)這有何不可、就着紫衣官、轉奏便了、(紫)理會的、

(生)新命守南柯。恩光附女蘿。

(旦)明朝有封事。數問夜如何。

第十六折　御餞

(外淨扮紫衣官上)(王)樓銀榜枕嚴城、翠蓋紅旂列禁庭、(淨)二聖忽排鸞輅出、雙仙正下鳳樓迎、

此二句分前後作二曲上所省踈影一曲甚便

（外）今日國王國母餞送駙馬公主之任南柯鸞輿早上、

傳言玉女前（王同老旦引搽旦扮內官丑扮宮娥上）玉洞煙霞一道晴光如畫（國母）回首鳳城宮院見琉璃碧瓦

（紫衣見介）（千歲）（王）昨勅有司備辦太守行李（可都齊整了麼）（紫）行李整齊多時了（宮娥）娘娘傳旨一應房奩金玉錦繡車馬人從都要擺列通衢之上許萬民縱觀（紫）領旨、

姹[illegible]詫切

傳言玉女後、生引末扮内官上、君王國母開餞綠槐幢下、旦引貼扮宮女上、羨一對千飛鳳嬌鸞姹、生旦俯伏介、微臣夫婦霑恩遠勞聖駕無任誠歡誠忭、誠惶誠恐、王、本不忍處卿於外、南柯有郡、免寡人南顧之憂耳、國母泣介、我的兒阿、旦、作對泣介、王、在家爲公主、出嫁爲郡君、有何所苦而泣乎、紫、設酒介、生旦叩頭介、微臣恭受鴻私、願大王國母千歲、王、願汝夫婦同之、生旦、就席介

斝音[illegible]四世 [illegible]古[illegible]其乎

[illegible]阿[illegible]架切

𨄔呀扶雅切 [illegible]軒音打

畫屏序（王）晴拂御溝花。祖帳城隅動杯斝。儘闌南一面借卿彈壓。（國母）擺天街色色珍奇。出關外盈盈車馬（搽旦丑合）南柯太守風流煞。一路裏威儀瀟灑。

前腔（生）平地折宮花。大郡叨承歎才乏。但尋常餞送。尚難酬答。（旦）因夫主占了見家。為郡君將離膝下。（末貼合前）

（生旦跪介）微臣何德。煩動至尊。敢問南柯。以何而治。（王）南柯國之大郡。土地豐穰。民物豪盛。非

南柯記　卷上　四十六

惠政不能治之寡人已命周弁爲郡司憲田子華爲郡司農替卿治理卿其勉之（生叩頭介）謹遵王命（國母）公主行矣聽我分付淳郎性剛好酒加之少年爲婚之道貴乎柔順爾善事之吾無憂矣南柯雖封境不遥而晨昏有間今日睽別寧不霑巾（王同泣介）謹領慈命（拜別介）

【前腔】（王）南柯郡南柯郡弗嫌低亞公案上公案上酒杯放下治國治家一法休只管戀着衙長放假（作介）那裏地方人物稠雜

雜叶茲馬切

看乘龍以下
衢[illegible]九戒元
達叶當打切
罷叶方雅切
[illegible]叶強雅切
煞叶雙鮓切
踏叶當打切
喇叶拿架切
哈叶五打切
吹和打以下

〔王〕傳旨鼓吹旗幟、送過長亭〔行介〕

〔鮑老催〕〔衆合〕九衢八達。鸞輿直送仙郎發。秦簫吹徹鸞同跨。看乘龍乘的是五花馬。君王駙馬多歡恰。則娘娘公主悽惶煞。留不住雙頭踏。

〔衆〕千歲爺、過長亭了、〔王〕終須一別、駙馬公主勉之、〔生旦〕俯伏〔介〕微臣夫婦不敢有忘、願大王國母千歲、〔生旦下〕〔王〕傳旨回宮、

〔雙聲子〕〔衆合〕力力喇、力力喇、都是些人和馬、嘻嘻哈、嘻嘻哈、兩下裏吹和打、相送罷、相送罷、迴鑾駕、

南柯記　卷[illegible]

稍加改竄便成合璧

夏叶方雅切

迴鑾駕正槐陰欲暮數點宮鴉。

尾聲南柯路直渾如髮一鞭行色透京華料這樣夫妻人世家。

第十七折 錄攝

字字雙 丑扮錄事上 爲官只是賭身強板障文書批點不成行渾帳權官掌印坐黃堂胡相勾他紙贖與錢糧一搶。

自家南柯郡幕錄事官是也闕下正堂小子僭時署耶呂高三丈還不見六房站些可惡可惡。

前腔淨扮吏上山妻叫我是外郎滑泥吏巾糊得刼邦邦官樣飛天過海幾春椿蠻放下鄉油的嘴光光揖介銷曠丑惱介咄幾時不上公堂望揺揺擺擺來銷曠莫非欺負我老權官教你乞拷在眉毛上吏跪介恩官興頭忒莽撞百事該房識方向作送介下鄉袖得小雞公送與恩官五更唱丑好個雞兒吏聽得老爺好睡覺出堂忒遲因此告狀的候父都散去了小的想起來老爺寸金日子

忌去聲

不可錯過、小的下鄉、撈的兩隻小雞、母的牢了、公的送爺報曉、一日之計、全在于寅、（丑）有意思、有意思、我的都公請起、搽旦扮京報上見介送報、（丑看報介）右相府一本、南柯缺官事、奉令旨駙馬淳于棼有點、呀、新官到了、寸金日子、丟在那裏、外執旗報介駙馬爺馬牌到、（丑）吽各房打點迎接、（吏）都有舊規、（丑）舊規不同、要起駙馬府、公主殿要珍珠轎、銷金傘、女戶扛擡、（吏）小的知道、一票吏房知會官吏、一票戶房支放錢糧、一

溺奴歷切

票兵房差點吹手皂快轎馬勘合、一票禮房知
會生儒耆老僧道、又要幾個尖嘴的教坊（丑）要
他怎的（吏）會吹、一票刑房查點囚簿解送刑具
一票工房修理府第家火、第一要淨桶脚湯（丑）
這個緩得些（吏）奶奶下了轎、要撒溺、一票架閣
庫整頓卷宗交代、一票承發科寫理脚色憲綱、
一票雜辦吏鋪氈結綵、一票帶辦吏送心紅紙
張、一票各馬驛下程中火、一票各社總選門子、
看他身上有瘡沒瘡（丑）這管他怎的（吏）聞得新

此折多傷時語至謂太爺

長一丈八寸
敲不辭

童逼官吏處
照明

太爺最好南風。一票娘娘廟借珍珠八角轎傘

一票表子鋪借鋪陳脂粉馨香（丑）這個使不得

要星夜製造纔是

亭前柳（丑）此郡鎮南方。前任總尋常。緣何差駙馬

甚樣有輝光。（合）憲綱前件開停當。分付該房須急

切要端詳。

前腔（吏）珠翠縷金裝。怕沒現錢糧。（丑）沒錢糧怎處

（吏）因公且科派。事後再商量。（合前）

（丑）權官纔打扮　正官便交攝

此折多豔語終非行家所尚

〔吏〕支分各色人遠遠去迎接、

第十八折 之郡

〔滿庭芳〕生旦引末小生扮將官執刀貼丑執符節外雜執旗上〔生〕紫陌塵開。畫橋風淺。鸞旗影動星躔。〔旦〕朝雲濃淡。行色映花鈿。爲問夕陽亭餞。下鸞輿慘動離筵。〔合〕關南路。春暉綠草。何日再朝天。

〔木蘭花令〕〔生〕宮花欲喚流鶯住。恰是南柯遷徙處。繡簾嬌馬出都城。寶蓋斜盤金鳳縷。〔旦〕華年得意頻相顧。笑問卿卿來幾許。綠槐風軟度行

沁 侵去聲

嫣 音烟

雲。回首沁園東畔路。〔生〕公主自拜別了君王國母。不覺數程、去此南柯相近了、左右趲行、〔衆〕應介。

甘州歌〔旦〕宮闈別餞。擺五花頭踏。邐遲而前。〔生合〕都人凝望。十里繡簾高捲。四方宦遊誰得選。一對夫妻儼若仙。〔行介〕〔衆合〕青袍舊。綠鬢鮮。大槐宮裏着貂蟬。香車進。寶馬連。一時攜手笑嫣然。

〔淨扮吏上投批介〕南柯郡錄事差吏、投批迎接爺爺、〔生〕收了發批、叫前去伺候、〔吏起介〕〔下〕

疊連以聲
囀音煎

前腔（生）宮花壓帽偏。問有何能德。紫綬腰懸。（旦合）玉樓人並翠蓋。綠油輕展。指揮風景遲去輦。爲惜流光懶下鞭。（行介衆合）携琴瑟。坐錦韉。一條官路直如絃。遊春樣。盡世緣。秦樓簫史弄雲煙。（丑上跪介）南柯郡錄事參軍。迎接老大人。（生起來）（丑）有新轎繖兵衛男女轎夫齊站下班迎接。（生）知道了。就回。（丑應下）（行介）

前腔（衆合）鸞鈴動。翠鈿。看滿前旗影。冠佩聯翩爭來迎。跪陌上。紅塵深淺。邦君夫人鸞鳳侶。父老兒童竹馬年山如畫。水似纏。自憐難見此山川。重門啓。旌旆懸。玉樓金榭洞中天。

（末稟介）已到南柯郡城了、（生）今夕進城、且在公館休息五鼓陞任、（末應介）

（旦）露晃新承明主恩。山城別是武陵深。

（生）笙歌錦纈雲霄裏。南北東西拱至尊。

四齣有念女、風謠二折俱痛，

第十九折 翫月

【遶池遊】扮周上、人間怎麽。地下爲叅佐。乘公暇得從深座。（田上）玉鏡臺移。絳橋星度。下秦樓、雙鳴玉

壺餘天籟

珂。

周 下官司憲周弁、田 下官司農田子華、周 蒙太老先生提挈、贊相有年、近因公主避暑、特於塹江西畔、築了座瑤臺城、今夕駙馬公主駕臨、正當明月三五、良可賀也、田 以下官愚見、瑤臺雖則卅麗、江外切近檀蘿、公主移居深所、未便、周 有塹江城、一衛兵馬、可保無虞、內响道 介 田 駙馬公主早上、我們一壁伺候、

破齊陣引 生旦引外扮堂候、老旦扮宮娥、上 旦 遶

境全低、玉宇。當牕半落銀河。（生）月影靈娥、天臨貴壻。肯把良宵虛過。（合）同移燕寢幽香遠。並起鸞驂暮藹多。何處似南柯。

末句先粘疊着須用上句連唱下乃得調

（周田上、堂候稟介）司憲司農稟見、（生）公主在此、不便相見。請二位老爺先回、（堂候應、稟、周田下、）（生）下官爲公主造此一城、都是白玉砌累。眞個五門十二樓、神仙境界也。今夜月明如洗、請公主傾倒一杯、（老旦）金屋人雙美。瑤臺月一輪。請上酒、此曲已見牡丹亭中，間音調須與深于曲者商之，而吳川以慣聽弋陽之耳矣、口而成其舛宜矣，予此改亦如調瑟然，不能更弦，終難盡美也。

圓塊玉〔生〕碾光華城一座。廣寒闕爭些個。自王姬寶殿生來。配太守玉堂深坐。瑞煙繚繞香百和。紅雲灼爍花千朶。甚閒愁、牽掛心窩。休只把眉峯蹙破。對良宵、滿傾玉液金波。

〔旦〕歎介這般好景、苦沒心情奈何、〔生〕你飲興欠佳、叫孩子們勸你、請玉孫貴女出來、〔搽旦扮小男貼扮小女上〕月兒光、月兒光、娑婆樹下好燒香、老爺親娘、喫一杯酒兒、〔做送酒介〕

鴈過聲〔旦〕如梭光陰易過。怎教我淹纏病魔鎮朝

瑩音形
闊叶科上聲

昏壓着香衾臥。〔搽旦〕貼再送酒介〔旦笑介〕我喫我喫、大的兒攻書課。次的兒敢則聰俊如哥。這丫頭小呵、也一般塗黃貼翠能梳裹。眼兒前提着。覺的心兒可。

傾杯序〔生〕嬌波倚瑤臺新鏡磨。嵌青天人負荷。滑幾陣微風。半莖清露。一道明河。恁樣空闊稱洞天仙子。清涼無暑。着愛弄娑婆。〔合〕大槐安團圓。桂影今夜滿南柯。

〔旦〕夫妻兒女、真是團圓、只爲哥兒們長成、親事

高末句與第二十五折鴈兒落照應

未定、熱我心懷、〔搽旦貼〕娘住這瑤臺之上、怕感高寒些兒、

【山桃紅】〔旦〕一些些思量過、悶咻咻怎題破、想仙遊豈受塵凡汙、輕雲不把蟾宮鎖、便偷將靈藥無心躲、念瑤芳怎比天上姮娥、

〔末扮紫衣上〕〔宣旨介〕令旨到、跪聽宣讀、制曰、咨汝公主瑤芳、厥配南柯郡太守駙馬都尉淳于棼、自下車以來、將二十載、仁風廣被、比屋謠歌、寡人心甚重之、茲特進封食邑三千戶、爵上柱

孝感寺請目連經卷此出臨川新意正得四種體原本此下有齊家治國等白此道學家語乃豫章人本色不意臨川亦自厭之

國開府儀同三司、仍行南柯郡事、二男二女、俱以門蔭授官、許聘王族、與國咸休、欽哉謝恩、（生）旦叩頭介千歲、紫衣叩頭見生旦介恭喜駙馬公主高陞、（生）有勞了、（紫）娘娘還有懿旨在孝感寺、契玄法師處請下血盆經千卷送與公主供養消災長福、（旦）宮女們收下、整備香燭供養、

（生）公主瑤臺養病身。一天恩詔滿門新。

（旦）但願福隨長命女。相依佛度有緣人。

第二十折 啟寇

處有老婆句是術家語

梨花兒、丑扮太子、引外小生、貼淨執旗上、小小檀
蘿生下、咱生下咱太子臉兒花、沒有老婆甚的要
緊、但婆娘好把檀郎打。
自家、檀蘿國四太子是也、小名檀郎、性格風洒、
父王分下咱三千赤駁軍、鎮守全蘿西道、日昨
喪了房下、急切要尋個填房、恰好一場天大姻
緣、那大槐安國、金枝公主、嫁了南柯郡守、隨夫
之任、怕府裏地方燥熱、築起瑶臺城一座、在壍
江地方、與咱國相近、老天老天、他那裏是怕熱、

一本有報子帶呂北調五曲今改江兒水妝與太子對唱耳

明明是不耐煩、要撇開漢子、自由自在、這天賜我姻緣也、我待點精兵一千、打破瑶臺城、搶了公主、則未知他意思如何、早巳差小卒、扮作賣花的貨郎、打探去、早晚到來、便有分曉、（貼扮貨郎花鼓上）報報報、喜事成就了也、（丑）快說來、（報）我賣的花呵、

【江兒水】一串串檀絲結。一叢叢翠剪蘿。（丑笑介）妙妙妙、檀絲結、翠剪蘿、正合着我檀蘿兩字、（報）只我貨郎兒、不賣尋常貨。斯琅琅、蛇皮鼓。打向花宫過。

二曲頗佳即臨川自爲之未必能勝也

丑可曾見公主麽(報)早婚滴滴金花公主親窺破。

(丑)他曾買你這花麽(報)買了我春纖兩朶。這段姻緣好把你小檀郎恭賀。

(丑)既公主買了你這花天大好事、眼見的成就了也(笑介)只好笑淳于髠馬白白拋閒公主、今日却被我定下了、

前腔他把畫卯堂牢看守。倒把畫眉臺脫了窩。只我沒風波煽起風流禍。現放着會溫存孫飛虎在河橋坐。少不的雀鶯鶯把壓寨夫人做。(合)買了你

南柯記　卷上　五六

增落場詩二句便有許多波法

春纖兩朶這段姻緣好把我小檀郎恭賀〔丑〕探子賞你兩瓶酒一肩肉一個月不打差報即頭介多謝太子〔下〕〔丑笑介〕好稱心的事兒就分一枝兵蘸住塹江城咱覷自搶公主去

〔外〕淳于駙馬也心多〔小生〕怎許傷人佔老婆

〔丑怒左顧拔劍介〕你說甚的〔又右顧介〕你說甚的我四太子怕那一個便是月殿裏嫦娥若看中了時也不怕他不與我只教他只教他〔小生

他什麽

（丑）他要伐檀來不得。明日無娘去伐柯。

南柯記卷上終

南柯記　卷上

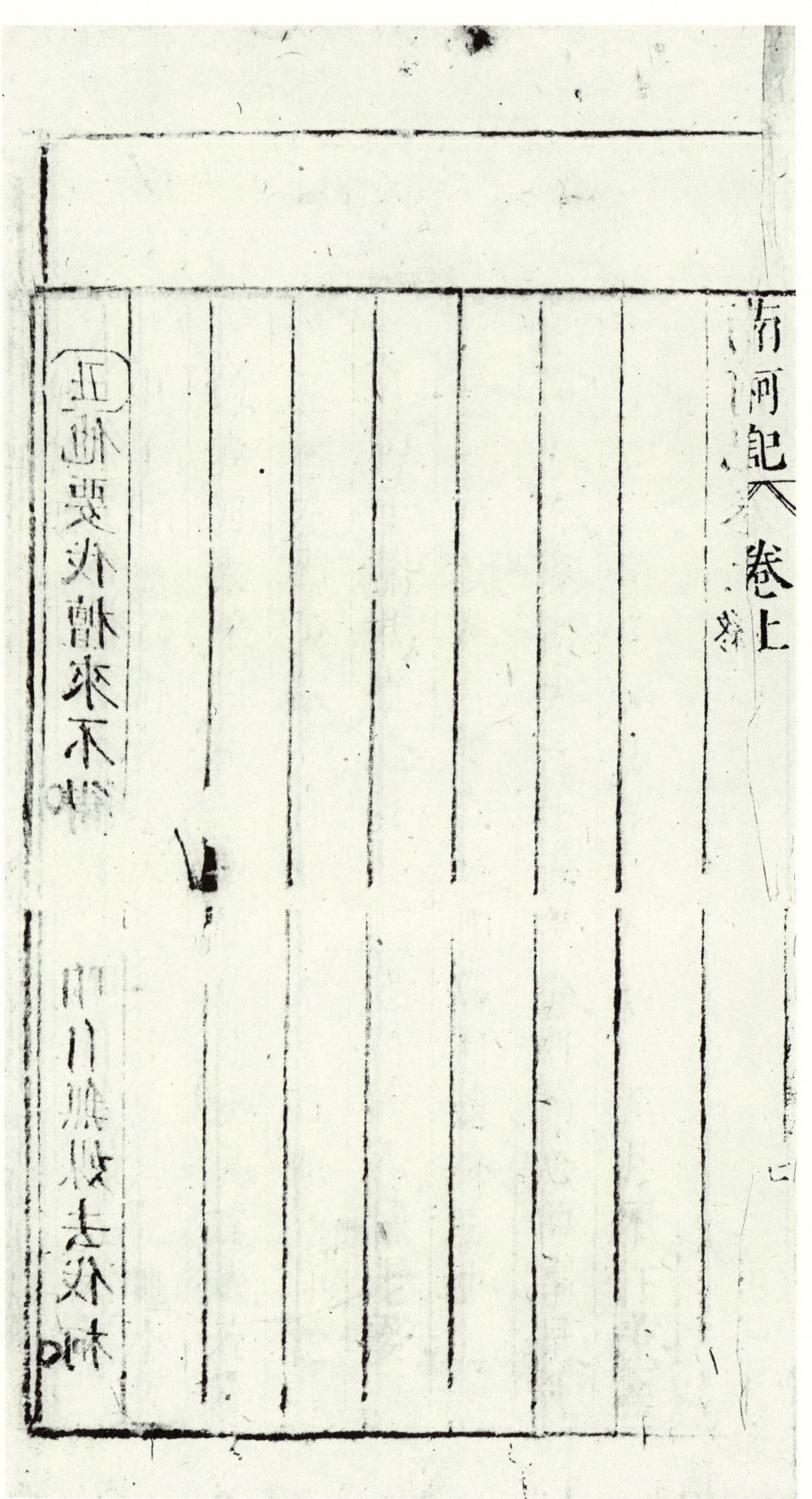

南柯記

董亟興

原本有宮娥好事近引六犯清音曲並刪

南柯記卷下

第二十一折　圍警

（好事近）（旦引老旦貼扮宮娥上）微雨度秋河。幾暑殢人些個。好夢暗隨團扇。歎朱顏摧挫。

（清平樂）（旦）陰陰院宇。桃上昏涼雨。（老）風動槐柯交翠舞。恰恰畫牆低午。（旦）一簾夢影悠揚。金爐旋注沈香。（貼）鳳吹幾年都尉。病慵休殢宮粧。（旦）宮娥。這瑤臺風景。比南柯郡。覺得清涼些。（老）公主。如今正是新秋天氣。（旦）你知我有病在身。意

每見嚴奪寶處人靜世稱六犯宮詞非勝者也

殤音傷

（老）便是、駙馬爺在南柯、這些時、也不來相看、（旦）

他政事在身、何暇到此、好悶人也、

（六犯清音）落紅凝院。暮雲沈閣。秋動繡簾猶臥。起

來無力。金釵半墜雲窩。汗減湘文簟疊。低扇影。罷

多嬌處忒病多。年來無奈驕情何。一時間如涼。個

得霑羅幭。一會間似熱還思浴翠波。沒些些時個。花

陰午炒。蚤氳人茶飯霑唇過。（老）公主有丁王孫貴

女、還愁甚麼、（旦）待不愁呵。眼前兒女。風月暗消磨。

（搽旦扮大兒上）秦樓遍戍。少漢苑入邊愁。報知

旦有風入松曲今刪原曲有不合調處改之

母親、檀蘿兵起、逼近瑤臺、如何是好。(旦驚介)這等怎好、我的兒、那、你星夜往南柯、報知父親、一邊督率城中男女、守城防備則個。(搽旦傳令介)公主娘娘有令、如今檀蘿兵馬侵犯瑤臺、傳示城中軍民人等、不問男女、都要上城巡邏、一面整備快馬、待我親往南柯、請駙馬爺來救。(内應介)得令。

【風入松】(搽旦)怪檀蘿、無事起兵戈。兒今去報與南柯。急忙間怎打的瑤臺破。勸娘親、且須掙挫。(合)傳

此下有滴溜子一曲今删　原本有丑貼等諢語皆删去杜詩云惡竹須應斬萬竿予以爲惡竹猶賢於惡諢也

軍令嗚鑼擊鼓。男共女。守臺坡。（旦衆下）（丑扮軍妻、外淨雜扮守城軍執器械上）（淨）奇怪、奇怪、一座瑤臺城、好好砌的、馬蟻縫也沒有一個兒、忽然報道、有甚麼穿城賊、公主下令、瑤臺一衛老軍、不問丁男婦女、都要守垜、四門提鈴喝號、用心防禦。（丑）我老娘有個計較、只等賊上城時、把熱屎熱尿淋頭撒下去、不然、連馬子也倒下去、看他可有本事敢來。（外）休囉唣、

【醉羅歌】一垜兩垜城臺座。一個兩個鋪圍衙寨札

姹模上聲
撻撥去聲

札穿鍼縫沒過鎗和砲成堆垜軍妻姥姥這些老婆軍餘舍舍這些小哥㕷兒東唱到參見趖（内鑼鼓介）把塵頭望路脚那傍城牆走馬數聲鑼（内緊鼓報介）檀蘿賊兵近了（外）邊報甚緊我們再去催集各家老小上城守禦（淨）是是是

（外）瑠臺城四面　砲眼撲頭箭

（淨）但有賊星臨　女兵先掉戰

（内鳴鑼介）唱塵頭望三句轉下

第二十二折　兩陣

饗去聲

原本有晴鶯見二曲今刪

〔逍遙樂〕生引小生扮堂候老旦雜祗候執棍上池上秋聲響。還把彩鸞雙扇掌。槐陰新雨碧油幢。獨坐黃堂開燕寢凝幽香。自家出守南柯、物阜民安、詞清盜寡、皆周田二君贊相之力也、杯酒為歡、缺然未舉、近因公主避暑瑤臺城、衙內孤寂、此中舊有一所審雨堂、審的地氣濕熱、將雨之候、果然微雨、應此新秋分付置酒、與二君聽雨、左右那裏、周田上〔太府威容盛、同官禮數規、祗候的通稟、〔堂候〕田爺周

二合皆佳句也

三音到

爺到見介生三匝南枝總舊遊田雙擧玉樹此庭幽周偏因聽雨承恩渥生其看郊原作好秋看酒介老旦雜下生今夕之酒專爲聽雨而設

啄木鸝生華堂靜好對鶯細語紗廚今夜涼怕攪他蝴蝶飛雙聒醒我鴛鴦聽雨畫船眠處沙鷗望屏山醉後餘香颺合弄悠揚人間此際別有好思量

前腔周催花緊鈥燕忙一陣陣黃昏愁鴈行田偏有他側耳空房悶紗窗半滅銀釭周田合天涯薄

雞去聲

宦窮途況洞庭歸客秋蓬上（合）數天長十年心事和淚隔秋窗

（生）司農我適纔晝寢忽夢大孩兒誦毛詩二句鸛鳴於垤婦歎於室是何祥也（田）想介依下官愚見天將雨而蟻出於垤鸛喜食蟻故飛舞而鳴婦歎於室似是公主有難要與老堂尊相見此詩乃是東山之篇主有征戰之事（生）多謝指教當謹防之（內鼓介）（搽旦打馬急走上）風傳流賊起火速報君知報爹爹檀蘿兵起一半攻打

壍江城、一半向瑤臺城來了、(生)慌介怎了怎了、瑤臺、公主所居、壍江、邊城要路、賊兵兩路齊進、其意難測、我親自領兵去解公主之圍、別遣周司憲、守禦壍江一帶、孩兒與田司農、守把南柯、休得有悞、(搽旦)要活娘兒命、無過子父兵、(下)(生)司農、夢之嚮應如此、(周田)便是公主在圍、須得星夜前進、(生)堂候官傳下號令、點五千兵、跟周爺救壍江城、選鋒三千名、跟我星夜前救公主、(外丑貼雜扮軍執旗上、)稟駙馬爺演陣、(田)稟堂

蟻陣老鸛陣自是本色且屢做法

南柯記　卷下　五

傺救塹江、只排個尋常蟻陣、救公主、要依毛詩
排一個老鸛陣、衆應排陣走介蟻陣完、再排陣、
吽穿花介老鸛陣完生我與周司憲、分兵而去、
周稟堂尊、三軍鼓氣、全在于酒、周弁一生全仗
酒力、望主公大賜恩波生五千名軍賞你五千
個泥頭酒去、則是一件、小生昔爲淮西裨將、使
酒悞事、二君所知、自拜郡以來戒了這酒、司憲
平日、頗有酒名、旣掌兵機記吾囑付、酒要少飲、
事要多知、周謹領尊命、引衆下、

築下個粉壇
[illegible]之兩臺

言于華接應
之義此齣中

【刮鼓令】（生）沖星一劍忙。向壇臺相對當。公主可他煙花陣怎生圓囘。（田）那檀蘿真個強築下個粉壇場。良時吉方。陣頭安上。（合）聽楚天秋雨過殘陽倒做了金鐙響玎璫。

（生）瑤臺城傷月兒邊。　翻惹兵戈破鏡懸。

（田）此日相逢洗兵雨。　一天長塹凱歌旋。

（田）堂尊此行。必能奏捷。但兵凶戰危。適纔壬詩之夢。響應如此。願堂尊益加慎重。容田子華。徐整軍馬。從後接應。（生）承司農見教。老夫陳。敢不

南柯記　卷下　六

蘭月不可缺
君

謹記南柯國之重鎮、豈可擅離、那接應催馬、再
也不勞費心（下）

第二十三折　圍釋

【金錢花】太子引小生外孫旦雜執旗上】咱家太子
是檀蘿檀蘿。日夜尋思老婆、老婆。瑤臺城裏有一
個。編橋渡小銀河。要搶也搶得麼。赤剌剌笑呵呵。
好了好了、圍住瑤臺城、一時打破、何難之有、只
怕驚嚇公主、不成其事、昨日打戰書入城、他竟
不回話、想只等駙馬來救、我別遣一枝兵馬、攻

蒼枝 青鸞色 一綫生

□ 一 子

取塹江城、直逼南柯、看那駙馬怎生來得、公主公主、眼見的到手也、令旦故意再把城子緊圍、叫公主親自上城打話、待小子飽瞧一會、衆把都們、緊圍緊圍、（鼓譟介）老旦扮宮女忙上、哎喲、檀蘿兵、緊緊的將城圍住了、八面安營、四下擺砲、好生兇險、快請公主升帳、（旦引貼扮宮女上、天呵、怎了也、瑶臺試一臨賊子逼城陰、膽破青鸞色、情傷駙馬心、女墻邊月近、孤枕陣雲深、怎得南柯去、高樓橫笛音、（鼓譟介、旦

臨川寄北詞
多合調者似
不甚著意詰
乃臣施兵火
劉蕃臺上良妹
信手數之

南呂一枝花冷落鳳簫樓。吹徹胡笳塞。是甚莽男兒。偏算計這女嬌才。避著瑤臺。似月殿清虛界。倒做了招兵火照宮槐。遭夯擾兩月幽閒。養病患又一天驚駭。

（鼓課介）（旦）天呵、這瑤臺城內、錢糧不多、賊子何圖此、昨日打下戰書、思量起來、男女不交手、怎生輕敵、專等駙馬到來、如今着人問他、或是要些小財物、捨些與他去、免得攪擾、叫通事問他此來、主何意思、（末）小的通事上問（介）太懸（介）要問

咱起兵主意公主自來打話（通回稟介）他要請
公主自來打話（旦）我乃一國之貴主這些毛賊、
怎敢打話（通回太子介）公主乃一國之貴主怎與
你們打話、（太）咱非以下將佐、乃是本國四太子、
叫你公主就是姐姐一般、便打話也不妨、（通回
旦介）他說是本國四太子、叫公主就是姐姐一
般、可以打話、（旦）這等、只得扶病而去、倘若三兩
句言詞、退了他兵、也（不見得（貼）賊意難知、公主
須要戎裝、（旦）換裝介、

二曲總似元人
窄叶齋上聲
畫叶去聲

前補話先下

【梁州第七】怎便把顫嵬嵬冠兜鍪平戴。且先脫下這軟設設繡襪弓鞋。小靴小八忒逼的金蓮窄。把盔纓一拍。臂捍雙臺。官羅細褶。繡甲鬆裁。明晃晃護心鏡。月偃分排。齊臻臻茜血裙。風影吹開。少不得女天魔。排陣勢。撒連連金鎖裙襴。女由基叩離了廝琅琅金泥箭袋。女孫臏施號令。明朗朗金字旗牌。（衆喝采介）（旦）奇哉。你待喝采小小宮腰。控着絲鑾帶。粉將軍。把旗勢擺。（上城介）你着我一埰紅雲上將臺。他望眼孩咍。

上下有牧羊關曲今刪

鼓譟介旦來的好不很也權請他太子打話太
喜打滚笑介妙也妙也眞乃是月殿嫦娥雲端
裏觀世音姐姐請了旦太子請了君處江北妾
處江南風馬牛不相及也不意太子之涉吾境
也何故太姐姐你把我的主意猜一猜來旦通
事你說與他敢是要些米頭魚骨犒賞你些去
罷太笑介小子非爲哺啜而來好不欺負人也
左右擂鼓緊圍便了旦通事你再與他說
四塊玉你你你逐些兒打話來敢則把虛脾賣歌

南柯記　卷下　七

女人國不近
檀蘿界不
是雙

巨呼歸上聲

妾生口、（太）不要、（旦）要些金銀、（太）不要、（旦）爲甚麼[illegible]

種生口、都不在懷、（太）你不知咱國裏少些女人[illegible]

此而來、（旦）原來女人國。不近你那檀蘿界。（太）不是

以次女人近來小子斷了絃哩、（旦）咳、則道少甚麼

粉丕丕女將林。原來要帽光光你個令四太。（太）要[illegible]

企、（太）快回將話來、咱要媳婦兒緊、（旦）逞狂乖詩[illegible]

奴感急色。

（旦）說與他待我奏知國王、選幾個女人送他、[illegible]

他收了兵去、（太）吾乃太子要與國王做女婿[illegible]

便做你看不出也三十外句佳

(旦)
駕玉郎說知他俺國王位下無尊愛。(太)公主是[illegible]
尊愛、(旦)嘌聲、蚤有了駙馬、養下嬰孩、(太)公主還出[illegible]
嫩的(旦)便做你看不出也三十外。(太)如今駙馬在
那裏、(旦)他他他、鎮南柯、出衆林。來來來、那時節替
你可擔利害。
(太)管什麼駙馬來不來、公主會了咱家的人、擔
了咱的花、難道不容我做夫妻一夜兒、
哭皇天(旦)呀呀呀、這風魔做似九伯使村沙惡茶

白賴通事問他、那裏會他的人插他的花來、（太）前
日寶檀絲、翠剪蘿、都是咱送你公主插戴的、你蓋
下了、約我來、（旦）惱介（介）哎喲、原來倒爲此賊所弄了、
宮娥快取花來、揉碎、撒下城去（旦）碎花介（介）哎、原來
士查兒、生扭做檀郎賣、女絲蘿到被你臭纏歪。小
覷我玉葉金枝胡揣。（太）惱介（介）你我一般金枝玉葉、
作踐咱的花、兀的不氣死我也、待咱放一枝冷箭
去、嚇死那花娘、（射介）公主看箭、（旦作袖閃介）哎也
恁狠生射中了八寶攢盆金鳳釵。險些兒剛拄了

此止隱居原本作縣尾非也馬踐征埃征字平聲不叶今改戟

鳳髻鈎卌仕蓮應。

（內鼓響介）（太慌虛下介）（老旦）賊兵紛紛解散、鼓聲振天、想是駙馬救兵到也。（旦）

（隔尾）紛紛蟻隊重圍解。冉冉塵飛殺氣開。駙馬征西大元帥。馬踐戰埃。花攢鎖鎧。城樓上助鼓三通。與他大喝采。

（生領小生外上）將軍不戰他人地。殺伐虛悲公主親、（太子揉旦雜上介）（生）檀蘿小賊、何不早降、（太）咱乃檀蘿四太子、纔與公主打話、不勾片時、

詞中多佳句
側叶齋上聲
砦音寨
刺叶措上聲

你便喫醋怎的〔戰介〕〔生〕令介他是蟻陣我三軍飛舞作老鸛陣方可破他〔再戰太敗走介〕〔旦〕衆上謝天地駙馬得勝了也衆三軍開城門迎接〔見介〕〔生〕公主則被你嚇殺我也〔旦〕

〔烏夜啼〕俺本是怯生生病容嬌態戰兢兢破膽驚骸怎虞姬獨困在楚心垓為鴛鴦把定了河橋側射中金釵嚇破蓮腮咱瞭高臺是做望夫臺他連環砦打破煙花砦爭些兒一時半刻五裂三開

〔生〕衆三軍城外犒賞快取酒來與公主壓驚〔旦〕

瑶臺新破、不可久居、星夜起程、往南柯郡去、

【尾煞】臥番伞拜告了賊門宰。聽金鼓喧傳拜將臺。抵多少笙歌接至珠簾外。不是你親身自來。紅雲陣擺。險些兒把這座小瑶臺。做樂昌家鏡兒擘。

結語亦作擘[illegible]升擺切

第二十四折 帥北

【六么令】（搽旦扮賊將引丑雜執旗上）檀蘿饑渴。出山來覓食爲活。藤編鐵甲樹兵戈。穿東澗搶南柯。壍江城壍的佳江兒麼。壍江城壍的佳江兒麼。

句本有守城壍二句今删 壍山音同 [illegible]坑音和

自家、檀蘿西道大將是也、我太子領兵去攻打

瑤臺城、着我這一枝軍馬、徑搶塹江城、往南柯征進、前面便是、快殺上去、【下】

【前腔】周弁領小生外執旗上、一番烽火一些些喚做檀蘿。領兵半萬出南柯。走饑渴轉林坡。塹江城有的酒兒嗑。塹江城有的酒兒嗑。

譯語多嗑蓋夫之

【周】渴了渴了、【衆】是渴了、【周】周守城軍、可與衆爺、運的犒賞酒可到哩、【内應介】到了、【周】傳令衆軍上、每人賞他泥頭酒一個、與他解渴、喫了酒、將這泥頭都丟在戰場上去、【衆作飲介】渴哩渴哩【丢

前遮呼後一
句錦纏注

泥頭介周我從來好酒則因府主相拘怕官箴有玷這纔是我顯量時節飲酒衆醉介內鼓介檀蘿賊到城下了周由他且飲酒內急鼓介報報報檀蘿賊先鋒挑戰周作惱介這賊好無禮酒剛喫到一半則管衝席衆軍士乘酒興殺出城去衆應介周臉從醉後如關將酒尚溫時斬華雄。賊唱前穿東澗三句上介周領衆唱前走饞渴三句迎穿介周來者莫非檀蘿賊乎戰介周作醉不敵賊趕下介周急上衆軍士再取一大饒燒酒來、戰的渴了、〔衆取酒上飲介〕〔賊上〕那邊廂好香的燒酒哩、搶上去〔又戰周衆又敗介〕〔下〕〔周獨身上〕吔賊好無禮、便認輸了、這一陣天氣炎熱、日勢已晚、且卸下征袍、月下單騎逃回罷、〔下〕〔賊上〕好好好、趁這些搶入壍江城去〔跌介〕我道為甚麽跌這一交、則是酒氣熏天、流涎滿地、呀原來城門首、堆着幾千個泥頭、把路都填塞了、〔作看天介〕看此天氣、必要下雨、漲江、妨我歸路、我們且搬了這幾個餘酒、唱個得勝歌回

囉嗹哩二句是本色語

去、

【前腔】【賊將】旗旛搖播、擁回軍、擂鼓篩鑼、殺山洒海笑呵呵。囉嗹哩、哩嗹囉。搶南柯、得勝齊聲賀。搶南柯、得勝齊聲賀。

第二十五折　繫帥

【生引】小生扮堂候外老旦持笏上【集唐】纔到城門打鼓聲。武林一曲想南征。誰知一夜秦樓客。白髮新添四五莖。我淳于棼、久鎮南柯、威名頗重、近因公主避暑瑤臺、爲檀蘿所犯、幸已殺退、只灤江一帶、別遣周弁救援、未見捷音、早分付田司農整排酒筵、在十里長亭、與周弁接喜、道猶未了、司農來也、〔田上見介〕〔田〕妙筭有堂翁〔生〕協贊、仗司農、〔田〕准備花前酒、〔生〕來聽塞上風、司農、周司憲戰期已數日了、還不見捷報、使我心下憂疑、〔田〕一來國王洪福、二來府主威光、三來司憲英雄、定然得勝而回、〔丑執旗上報介〕報報、報、周將軍單馬回來了、〔生〕司憲先回、多應得勝、叫樂工們響動、〔內鼓吹介〕

北調亦同引子上者故三分令之二曲並刪

〔北醉花陰〕〔周弁幅巾白袍帶劍走馬上〕俺這裏匹馬單鞭怕提起卽漸的一家兒這裏頭直上戰塵飛一邊廂擂鼓揚旗那唱賀的歡天地〔望介〕原來是太老先生與司農寮長置酒長亭之上咳他則道敲鐙凱歌回曲恭恭來壓喜

〔見介〕〔生〕司憲得勝回歸我同僚們安排喜酒在此迎接〔周〕好好好快討酒來

〔南畫眉序〕〔生〕花柳散金杯一片驚心在眼兒裏怎全身赤體卸甲拋盔覩形模事體堪疑既得勝怎

息吠衰猜切
原本有北喜
遷鶯南畫眉
序二曲並刪
便是半萬個周

單騎而至〔田〕不瞞堂尊大人說、周司憲此來、眞個可疑〔合〕怎的意見沒張致、還責取後來消息。〔生〕司憲你手下五千人馬、都在那裏、〔周〕那五千人、去時俺是見來、

北出隊子〕給千兵果然編配。點兵單個個齊〔生〕戰場上可有泥〔周〕戰時還有、戰了後通不知那裏去了、〔田〕司憲公、敢是盡被檀蘿殺了〔周〕這也難道〔生〕則要你賠還我這半萬個人頭〔周〕劉單鞭投至一身虧。只半萬個人頭要俺賠。呀、你便是半萬個泥

泥頭俺也賠
不起句難
國叶音鬼
執叶張恥切
吽音烘

頭俺也賠不起、

（生）我說人頭、他說泥頭、是怎的、通不聽、他只以軍法從事、先斬後奏便了、（周）誰敢無禮、（生）惱介

敗軍之將、還敢嘴強、

南滴溜子）敗軍的、敗軍的、偷生誤國。論軍法、論軍法、非同輕細。明正典刑是理。軍前聽指揮。將他細執。量決一刀。做個傍州之例。

（衆綁、周不伏介、

北刮地風（周）呀、忽的波怒吽吽壞臉皮。那些個

那些個劉備張飛句佳

此下有南滴滴金北四門子二曲並刪

備張飛。大槐安國內君王壻。誰不知倚勢施爲。便做着你正堂尊貴。俺可也不惜性命低微。(生)刀斧手、快取首級來、(周笑介)俺怎生般透賊圍掙得這首級歸。你劉口兒閒胡戲。便待要申明軍法怎遵依。斬字兒你可也再休題。

(生)我是掌印官、施行你不得。叫刀斧手、一齊向前綁了、(田)堂尊大人、此事未可造次、(生)也罷、我再問他、周弁、你因何犯此失機之罪、(周)非關小將之事、也非關五千個軍人之事、都是堂尊

萬個泥頭酒、請人走渴之時、一鼓而醉、忽報擅
蘿索戰、一個個手攤脚軟、只小將一人酒量頗
高、向前迎戰、獨力難加、只得棄甲丟鎗、乘夜而
走、(生)周弁你去時我曾說來、酒要少喫、事要多
知、你怎生都不在意、一定要正軍法、(周)哎、從古
來、誰不飲酒、漢樊噲、三國周公瑾、關雲長、都也
貪杯、希罕我一人乎、(生)胡說、

昔叶喪猗切
闘太王面赤非干醉尚作

【南鮑老催】你拳令攬昔。樊將軍嫌酒把鴻門碎。闘
大王面赤非干醉。耶周瑜飲醇醪量難比。也罷、我

急字巾以切

念你一是同鄉、二是同僚、停了軍法、且把你牢固監候、奏請定奪、把你個貪杯子反頭權寄、失軍了禁身牢繫。忙奏請蹉寬急。

（生）刀斧手、拿周弁監了、（衆）鄉周不伏（介）

北水仙子（周）呀呀呀、放你的呸。（取劍舞介）拿拿拿、拿的俺怒氣沖天舞劍㩳。（生）住了、你道我拿不的你麼、左右、掛起令青旗牌來、（貼扮中軍捧旗牌上、上立介）（田）司憲公酒放醒些、擡眼哩、（周）看作怕、背介）他他他他叫俺掙着迷奚。抹眼介、（我）我我打些

少不得㩳番硬腿隨朝跪句佳

原本看君王奚落檐蔚婆

見抹眛。可可可可怎生𠡠起了老君王令字旗。你你你、你敢有甚麼寧切欽依。〔衆〕周司憲掛了令旨、不跪、是何道理。〔周〕反手〔生〕火火火火的俺閫外將軍向閫內歸。少少少少不的㩳番硬腿隨朝跪。〔跪〔生〕周弁可伏綁麼。〔周〕周弁不是伏別人、這這這、這是俺爲臣子識高低。

〔生〕這等、送你收監去、

〔南雙聲子〕前日裏、前日裏、曾勸你酒休喫。全不記、全不記、兒弄送胡支對、輸到底、還強嘴、看君王、可

若予改爲看君可肯恕人之醉似爲勝之

語句佳

肯恕人之醉。

（生）叫司獄官。（小生外老旦先下）（丑扮獄官上）（生）好生將周司憲監候，取旨定奪。（周惱介）咳，周弁何等英雄，今日到此罷了。

（北尾）透重圍，透不出這半牆內。敢氣的俺周亞夫疽生背。俺死不怨別的，則怨着半萬個泥頭酒悔不當初枕着個破泥頭，做一個醉臥沙場鏖戰鬼。（下）

（生）三軍失律爲貪杯。　權且收監聽指麾。

原本作前腔不知詞本之

（田）今朝酒醒知寒、色。悔不當初奏凱回。

第二十六折 朝議

（小蓬萊前）王引老旦搽旦扮內官上 世界于今幾變。精神自古如常。槐國爲王。柯庭遣將。近事堪惆悵。

寡人因爲本國素與檀蘿有讐、近日公主困蜀、全賴駙馬救解、但是別遣周弁往援、塹江捷書未見飛傳、右相必知消息、

（小蓬萊後）右相持表上 薄力叨爲右相。同心翼戴

曲觀琵琶憶奏疏前後自見

原本有右相瑣窗郎曲今刪

君王。既攬朝綱。敢忘邊障。把奏事忙傳上。

我右丞相、每念南柯重地、駙馬王親在郡二十餘年、威權太盛、常愁他根深不剪、尾大難搖、偶值公主困圍、塹江失事、得他威名少損、此亦不幸中之幸也、今早駙馬[illegible]奏請正將軍周弁之罪、不免將表文進上、且看大[illegible]怎生發落、（見介）臣右相段功見、（王）右相外來、頗知檀蘿用兵勝敗乎、（右）今早有駙馬飛傳表文、臣謹奏上、（王看表介）呀、周弁大敗了、駙馬好不老成也、

右招處公甚得體

瑣窗郎 倚南柯鎮鑰疆塲。排檀蘿呵、多大寇勢難當。怎提兵數萬。戰死幾傷。這風聲傳播。把吾輕覷。

恠淳郎、居然掌握中軍帳。怎用的周弁將。

前腔 右 論邊機失誤非常。則駙馬也星霜。王 正是、寡人也念駙馬在邊年久、加以公主屢請還朝、止為南柯太守、難得其人、因此暫止。右 駙馬取回、還有田子華在彼、看田生智略、可作黃堂。取回公主、到京調養。王 春秋衰頹、責在太夫、今日之敗、此皆駙馬之過也、右 勸吾王、姑親礙貴宜優奬。權坐罪

若斬周弁何但傷駙馬之心卻非當將[illegible]宗之道

周弁將。

〔王〕這周弁明係失機當斬、〔右〕周弁乃駙馬至交、兩次薦舉、斬周弁、恐傷駙馬之心、不如免死立功贖罪、〔王〕這說的有理、依卿所奏、

〔王〕周弁停刑許立功、　南柯接管是司農、

〔右〕公主驚傷同駙馬、　即時欽取入朝中、

第二十七折　召還

〔意遲遲〕〔老旦扮宮娥扶病旦上〕一自瑤臺驚怕恐。愁絕多嬌種。〔老旦〕淚濕枕痕紅。秋槐落葉時驚夢。

步蟾宮引佐

〔合〕倚粧臺掠鬢玉梳慵。盼宮闈不斷眉山聳。
〔旦〕自家生成弱體，加以圍困驚傷，又聽周弁敗兵，駙馬惶愧，奴家一發傷心，曾經幾度啓請回朝，圖見父王母親，一來奴家得以養息，二來駙馬久在南柯，威名太重，朝臣豈無妬忌之心，待我歸去，與他牢固根基，三來替兒女們完成恩廕之事，未知令旨早晚如何。
〔步蟾宮〕〔生忠淨冠補子便衣上〕一片愁雲低畫棟。似伴我玉人情重。

[illegible]句予所改[illegible]家稱開口見喉嚨者是也此曲有奴家並不曾歇了駙馬等句此弋陽語也删

【見介】公主貴體若何。【旦】多分是不好了。且問駙馬來此幾年了。【生】整整二十年了。【旦歎介】你在南柯爲政、頗有威名。近因檀蘿兵敗、不無少損我恩量。二十年太守、豈可久留。我今日先死、也只是爲你先驅螻蟻耳。【泣介】

【集賢賓】【旦】論人生到頭成一夢。尋常兒女情鍾。有恩愛夫妻心事冗。累你影凄凄被冷房空。亭郎、你回朝去、不比以前了。看人情自懂。我死後百凡尊重。【合】心疼痛、只願的玉樓人永。

生旦右 一曲

前腔（生）聽一聲聲慘然詞未終。對杜宇啼紅。二十載南柯多眷寵。不爭交生死相同。（旦）淳郎、只恐我死之後、你又思量別娶一個好的。（生）你恩情萬種。怎下的再求鸞鳳。（合前）

（外扮紫衣捧詔上、令旨到。搽旦扮大兒貼扮女兒上）爹爹、娘病、怎生接旨。（生）孩兒們替母親拜便罷。（紫）讀詔介、大槐安國王令旨、公主瑤芳、同駙馬淳于棼、南柯功高歲久、欽取還朝、進居左丞相之職、其南柯郡事、着司農田子華代之、欽

去聲

哉謝恩（呼千歲起介）（旦）恭喜駙馬拜相當朝（生）多謝公主擡舉（紫叩頭介）（生）周弁作何處置（紫）有旨了駙馬分上免死立功（生）天恩浩大哩且請皇華館筵宴（紫）詔許王人會恩催上相歸（下）（生）公主我在此多年一朝離去應有數日周詳善後之事待着孩兒送你先行到朝門之外候我一齊朝見（旦）正是則這二十年南柯郡舍一旦拋離好感傷人也（生）人生如傳舍何況官衙則你將息貴體孩兒們看酒來（搽旦奉酒介）

曲中多三句今刪

此下白又作弋陽語刪之

皂鶯兒〔生〕杯酒散愁容。病宮花小桂叢。你長途好把親娘奉。〔搽旦貼〕承爹嚴命。丁寧在胸。奉娘前進寒温必躬。管平安不斷人傳送。〔合〕靠蒼穹一家美滿。整備御筵紅。

〔生〕蒹葭玉樹幸相依。〔旦〕也做南柯寄一枝。

〔搽旦〕不是大家隨子去。〔貼〕爭看貴主入宮時。

第二十八折 臥轍

浪淘沙〔丑扮老録事上〕狗命帶酸寒。不做高官。白頭紗帽保平安。職掌批行和帶管。有的錢鑽。

[illegible]與第一之錄揮折點遷

自家南柯府錄事官便是、南柯府堂思水、便是來的官、一個個有壽、你不信、駙馬爺二十年、田司農二十年、我錄事一發三十多年、來時滿光嘴臉、如今鬍子皓白了、詔書欽取公主駙馬還朝、三日前、公主先行、駙馬將府事交盤與田司農、今日起程、司農爺長亭餞別、不免率衆父老、同去攀留、你看父老們早來也、

〔前腔〕淨搽白扮父老上〔〕歲歲有交盤。難得清官賢哉太守被徵還。百姓保留天又遠。要打通關。

窵音吊

見丑跪介參軍爺小的們有下情（丑）什麼下情
（父老）自淳于太爺管府事二十年百姓家安戶
樂一旦欽取回朝怎生捨得衆父老商量盡南
柯府城軍民男婦簽名上本保留淳于爺再住
十年京師窵遠敢央參軍爺撥下快馬十數匹
一日一夜三百里飛將本去萬一令旨着駙馬
爺中路而轉重鎮南柯亦未可知（丑）你們要留
太爺怕上本遲了要我撥快馬十數匹一日一
夜飛將本去萬一令旨着駙馬爺中路而轉重

可帶挈老録事此語絕妙 臨川

長亭相送二句佳

鎮南柯不知令旨上可帶挈的我老録事列位父老免照顧免照顧（父老泣介）叅軍爺不肯我們央田爺去（起介）（丑）轉來我講與你聽便是田爺新知南柯府事只怕不好意思（父老）呀原來新太爺就是田爺不便央他了還是百姓們自去攀留罷

【一落索】（旧上）廿載府堂簽判奉旨超階接管長亭相送舊堂還塞路的人千萬

（丑見介）稟老大人酒筵齊備（旦）紅塵擁路想都

此曲甚得体 諸亦佳

此下有前腔 今刪

肱 姑橫切

共迓太爺的、好百姓、好百姓、

【懶畫眉】【生】引小生扮堂候貼雜執旗上、一鞭行色曉雲殘○五馬歸朝百姓看○【父老跪迎介】願太爺再借幾年、【生】原來是衙恩赤子要追攀○有何功德需名宦○替我點綴春風好面顏○

【田跪接介】司農田子華迎接老丞相【生】司農請起、早間別過了周司憲便到貴衙、未得相見借此官亭、少伸一拜、【拜介】【生】廿載勞君作股肱○【田】堂尊恩德重難勝○【生】公私去後煩遮蓋○【田】還望

此寒山韻也、臨川雜用先天今悉釐定然猶有借桓歡字者

提携援後程。（丑）叅見介、錄事官叩頭。（生）起來、三十年的叅軍清苦。我去之後、司農好看覷他。（丑）叩頭介、多謝老爺。（田）送酒介、

山花子（田）南柯一郡棠陰滿。公歸大國槐安。三十載淹留外藩。喜今朝同上金鑾。（生）黃金印文宛肉完。細將獄囚倉庫盤。依依故人離別顏。（合）歸去朝廷。跨鳳驂鸞。

前腔（生）舊黃堂政事新人管。有一言願聽同官。休看得一官等閒。也須知百姓艱難。（田）喜明公教條

刋看平聲

此曲吾調亦多舛錯並改正

不刋下官遵承無別端。從今少酬報國丹。（合前）

（生）公主久行下官難以羈遲、就此告辭了、（生起

行介、）

大和佛（衆父老上）腦頂香盆噴麝蘭。天留住我恩

官。（跪泣介）老爺、你暫留幾日。待我借寇到長安。捨

的便拋殘。（生掩淚泣介）父老難迫我捨的朝廷怎

敢違欽限。我廿年羈宦。也要早回還。（父老、）男女們、

思量恩德真無算。怎下的去心離眼。我只得倒臥

車前淚闌珊。

（眾伏哭介）（生）少不的要去、你們起來、（行介）
舞霓裳（眾）一齊攔住駿雕鞍駿雕鞍。還須拽住繡
羅襴繡羅襴。（生）車衣帶斷情難斷。這民風留與後
人看。司農須為我把蒼生再盼。（眾泣介）留不住、早
晚生祠跪祝讚。
紅繡鞋扶輪滿路遮攔遮攔。東風回首淚彈淚彈。
長亭外。畫橋灣。齊叩首。奉慈顏。賢太守。錦衣還。賢
太守。錦衣還。
（尾聲）官民感動情何限。（生）二十年消受你南柯茶

二十年消受
你南柯茶飯

如此吊場家得做法

俺則願雨順風調一郡安（一）
〔父老吊場〕〔淨云〕好老爺、好老爺、我們一面拜見
田爺、一面保留駙馬爺、還是駙馬爺管的百姓
穩、我們派一派帳、每疋馬要多少盤費〔搽旦〕一
疋馬五分銀子〔淨〕忒少雇不來〔丑上〕呀、你父老
們還在這裏〔衆〕太爺去未遠、小的們還待趕上、
送一程〔丑〕你們還不知、太爺行不到三里之外、
前路飛報將來、公主在皇華館、不幸了、〔衆〕怎麽
說、〔丑〕公主薨了、〔衆哭介〕怎麽好、怎麽好、可是眞

長吉掌

麼（丑）不真田爺分付我先回取白綾素絹檀香去行禮還說不真（淨）這等駙馬爺不能勾回郡了我們趕上進香去（隨下）

第二十九折 芳隕

（遶紅樓）國母上生長金枝歲月深。南柯上結子成陰。怕病損紅粧。歸遲紫禁。椒殿暗傷心。老身自聞女孩兒瑤臺驚恐日夕憂惶幸喜的千歲有旨取他夫婦還朝昨日報來公主帶病先行這幾日間知他路上安否如何好不掛懷

問天天句住

也。貼扮女官上。青鳥能傳喜。慈烏怎報凶。啓娘娘、聽得宮門外人說公主病重千歲與大小延侍、哭泣喧天、不知怎的。國母驚介、這等怎了、泣介

哭相思王引淨扮內使上。欽取太遲臨。問天天斷送我女孩兒則甚。

見介、梓童淳于家的主兒不幸了。國母、怎麼說、王公主先行數日、離得南柯、卒于皇華公館。國母哭介我那兒阿、悶倒。宮娥扶起介。王你且自

昵音埿

空請下目連經卷也誰知道佛也無靈被鬼侵句作

悠音飲

保童、紅衲襖國母、幾度價護嬌花一寸心。則道是美前桯一片錦。止知他嬌多好昵鴛鴦枕。也怪他病淺長依翡翠衾。當日個鳳將雛巧笑。禁到今日掌離珠成氣暗。天阿空請下目連經卷也。誰知道佛也無靈被鬼侵。

前腔王、則道他在鳳簫樓不掛心。誰想這瑶臺城生害悠。又不是全無少女風先凜。可甚的為有姮娥月易沉。還記的血餞雙飛御酒斟。怎知道灑歸旌

嗑杳去聲人今借用耳

紅淚飲。這是前生注定今生也。則苦了嫩女雛兒
血哭臨。
〔國母〕千歲只有這一女、凡喪葬禮儀、必須從厚、
〔王〕聞得公主靈車將到、我與梓童素服、哭于郊外、將半副鑾駕、迎喪修儀宮裏、其諡贈一應禮節、着右相武成侯議之、
〔王〕滿擬南柯共百年。　誰知公主即生天。
〔國母〕國家禮節都從厚。　要得慈恩照九泉。

第三十折　議葬

原本右相有遶池遊引今删

右相上、節去蜂愁蝶不知。曉庭還繞折殘枝。自緣今日人心別。未必花香一夜衰。自家段功、只因淳于駙馬、依倚至親、久據南柯、貪收人望、我爲國長慮、請旨召回、尊以左相之權、防其遥制之害、誰知事不可測、公主喪亡、國王國母、郊迎其喪、舉朝哭臨三日、謚爲順義公主、禮節有加、昨奉旨議其葬地、只有龜山可葬、正待奏知、聽的駙馬今日見朝、不免先在朝門外、與他議定、然後面聖、多少是好、

勝平聲

遶池遊〕生素服、淨扮堂候、執笏、丑雜扮祗從、執棍上〕斷絃難弄。蚕被秋風送。生打散玉樓么鳳。頓足泣介〕合郡悲啼。舉朝哀痛。痛殺我無門訴控。右見舉手介〕請了。駙馬見朝、且休啼哭〕内樂鼓右叩頭介〕右相武成侯臣段功見〕起介〕生舞蹈介〕前南柯郡太守、今陞左丞相駙馬都尉臣淳于棼朝見、末扮黃門、捧旨、貼旦執符節上〕令旨到來駙馬新失公主、寡人不勝悲悼、其順義公主塋地、可與右相朝門外、酌議回奏〕生右叩頭

譚子論風水欲得江西傳授

介　千歲起介　生　久不到朝門了昨日遠勞迎接緣未朝見故此謝遲　右　不敢　生　請問公主葬地擇于何方　右　龜山一穴甚佳　生　龜山乃國家後門何謂之吉我曾見國東十里外蟠龍岡氣脉甚好何不講葬于此　右　蟠龍岡是國家來脉還是龜山　生　右相不知點龜者恐傷其殼　右　便龍岡好則枕龍鼻者恐傷其唇　生　便是龜山也要靈龜頓子子在何方　右　便是龍岡也要蟠龍戲珠珠在那裏　生　我只要子孫興旺　右　駙馬子女

此與第三十四齣偕折宜參分曲相應

俱有門廕、何在龍山。〔生〕右相怎說此話、生男要爲將相、生女須配王侯、少不的與國同休、此乃子孫萬年之計、〔右笑介〕好個萬年之計、只是葬岡星峯太高、怕有風蟻之患、〔生〕右相于此道欠精了、虎踞龍蟠、不拘遠近、大小。蜂屯蟻聚。但取圓淨低回。何怕風蟻、〔右〕駙馬既不怕蟻傷、共向丹墀回奏、〔右奏介〕臣右相武成侯段功謹奏

馬蹄花問祖尋宗。妙在龜山鼻穴中。〔末〕龜山有何好處、〔右〕他有蛾眉對案。金誥生花。羅帶臨風。〔末〕龜

怎貪他不住游龜倒拋除活動真龍句佳

山可似龍山（右）便龍虎峯上更生峯怎如龜蛇洞
裏方成洞肯教他玄武低藏做不得蟻垤高封
（生奏介）駙馬臣淳于棼謹奏
（前腔）拭淚挺胸爭似蟠山氣鬱葱他有三千粉黛
八百煙花十二屏峯鳴環動珮應雌雄辭樓下殿
交鸞鳳怎貪他不住游龜倒拋除活動真龍
（末）令旨到來依駙馬所奏着武成侯擇日備儀
仗羽葆鼓吹賜塋順義公主于蟠龍岡即並謁
恩（生）千歲（末）貼旦（下）（起介）（右）恭喜了蟠龍岡十

若相即以周弁事告淳生家有筋節

原本有衆國公王親酒席著曲並刪

此非本傳然不妨思不定

二分貴地哩、駙馬可知、周弁也疽背而死、其子護喪歸國去了。（生哭介）傷哉故人。（淳禀介）新房下有列位老國公王親設酒、與爺洗塵。（生）既如此、與右相暫別、權重股肱相。恩光肺腑親、滿朝相造請、何日不醺醺。（下）（右相吊場）看駙馬氣勢、好不驕盈。（歎介）且自由他、正是長將冷眼觀螃解。看你横行到幾時。（下）

第三十一折　象誘

憶秦娥前（貼引旦扮侍女上）宮眉樣。秋山澹翠開

以千氏家致謔諷且前者感于亭華館語謔皆無味

凝望閒凝望秦樓夢斷鳳笙羅帳

【唐多令】何處合成愁人見心上秋大槐宮葉雨初收明道晚涼天氣好問誰上小瓊樓自家郡主瓊英便是昨日駙馬還朝我王素重南柯聲名加以中宮寵信出入無間權勢非常滿國中王親國戚那一家不攀附他則我和仙姑國嫂三家寡婦雖然出了些公禮還不曾私講得他如今輪流設宴已曾約仙姑國嫂到我家陪客早晚公主處上香回來必然就到我想駙馬一

原本兩折今併爲一而韻亦對使臨川見之必且擊節歎賞

表人才十分雄勢、好不愛他、好不重他、

【金落索】娟娟姊妹行。出聽西明講。繡佛堂前。惹下姻緣帳。秋波妙選郎。配瑤芳。十五盈盈天一方。瑤臺貴壻眞無兩。翠袖風流少一雙。非吾想。倘其間有便得相當。那時節輿引淸觴。情惹紅粧。我再把宮花放。

【憶秦娥後】老旦搽旦道粧上彩雲點點臨風漾。世間好物瑠璃相。瑠璃相。玉人何處粉郎無恙。

【見介】搽旦郡主、你怎的不去公主府燒香耍子、

南柯記　卷下　三十三

江亮香事完
事一十九节
殯斩公案

好少的人兒也。(貼)怎生行禮。(老旦)我國中王子
上孫一起、侯伯王親一起、文武官員一起、以後
命婦另做一起。纔是本國軍民妻女、過了本國、
是南柯進香、依様文武吏民、分班而哭、過了南
柯、又是各路各府差人、以次而進、便是檀蘿國、
也差官來進紫檀香一千二百斤、看他銀山帛
海、好不富貴也、
【金落索】(老旦)朱絃碧瑣窗。怎生鳥道心帳。八尺金爐
日夜燒檀降。(搽旦)是人來進香。似同昌公主哀榮

不謂老旦搽旦亦有此想

不可當。敲殘玉磬歸天闕。擺下鸞旌拂地長偷凝望。可憐辜負好淳郎。據着他儀表堂堂。意氣軒昂。不枉做頭驢相。

（貼笑介）原來你兩個、都看上駙馬了、（老旦）我兩個是道情人、倒沒甚事、只怕你平日風流性子、少間、又帶上些酒興、不要做出事來、連我兩個、也弄在一罈糟裏、不分個皂白、（貼）休得取笑、駙馬來了

（鵲橋仙）生引淨扮堂候丑雜執棍上、金鞭馬上。玉

清夜紅顏索向此淳于家醉留髡家法也

樓鶯裏。一片綵霞搖蕩。（笑介）聊拋舊恨展新眉。清夜紅顏索向。

（拜介）（生）西江月　自別瓊英貴主。年年想像風姿。（貼）勞承駙馬費心期。今夜一杯塵洗。（老）每恨清郎新寡。（搽旦）可憐公主差池。（生）上真仙子和靈芝。目喜一家無二。小生回鄉、也蒙諸王親公禮、何勞又設此筵、（貼）駙馬不知、此筵有三意、一來洗遠歸之塵、二來賀拜相之喜、三來解孤悽之悶、前幾日、為眾王親公侯占了貴客、我等商量、

此齣舊見江山有許多形勝而唱者俱與原調不合予自爲楊花楷舊以今改解三醒二曲而刪其一

上眞姑是道情人、靈芝夫人、與妾雙寡、更無似次之人、可以爲主、只得我三人落後、輪班置酒相敬、今日妾身爲主、他二人相陪、生小生領愛了、貼內侍們看酒、送酒介、生卸袍換晉巾補子便衣介丑淨先下

解三醒貼二十年、有萬千情況。今日得重覩淳郎。和你會眞樓下同歡賞。疑鵲駕渡河潢。姊妹行家來見訪。須不是無端美艷粧。休推讓、奉金杯、酬勸笑眼斟量。

原本作竇兒犯非也

【前腔】（生回酒介）則爲那帝女天孫坐打當。因此上迤逗多嬌粉面郎。自從冷落芙蓉帳。羞帶酒。懶添香。如今把、一天愁悶權撇漾。暫借佳人錦瑟傍。誰承望。只落的春心搖曳。醉眼荒唐。

【老旦】我們借花獻佛也、替郡主奉一杯。【生】怎敢當此錯愛、（老旦奉酒介）

【赤馬兒】（老旦）滿泛瓊瓷。且自作懷甘量。聽他獨自溫存。話兒挨挨。好不情長。一點芳心。做入眉相向。又番闌干月上。【合】畫堂中、幾般清朗。畫堂中、幾般

此曲名拘芝蘇自赤馬以超至鵝鴨滿渡船皆用揚花腔入之方撓人耳

清朗。

拘芝蘇【搽旦】奉酒介幽情細講。對面何妨演煞官娥侍長。舊家姊妹儼成行。舊家姊妹儼成行就月籠燈移袖張。【合前】

【前腔】貼再奉酒介風搖翠幌。月轉迴廊。露滴宮槐葉響。新秋風景不尋常。新秋風景不尋常人帶幽姿花暗香。【合前】

【前腔】生回奉介把金釵夜訪。玉枕生涼。辜負年深興廣。三星照戶顯殘粧。三星照戶顯殘粧好不留

[illegible]相思枕相思被都襯迭床兒上曲極到家

人今夜長。（合前）
（生做醉介）酒已醉矣、我要睡了、（貼）早已安排紗
廚鮫帳、（生）難道主人不陪、（老）怕沒這樣規矩、（衆
旦）駙馬見愛、一同奉伴罷了、（貼笑介）這等我去
詩人魚貫而入
鴛鴦滿渡船、（衆）爭夫體勢忙。啜色心情嚷。蝶戲香。
魚穿浪逗的人多餉。早把相思枕。相思被。都襯迭。
床兒上。他時盡意追歡暢。今宵試作陽臺相。
尾聲（生）盈盈不下梅紅帳。看妹妹花開向月光。（貼

集句佳然亦楊花體也

我四人呵、（合）做一個嘴兒休要謊。

第三十二折 象譴

菊花新（右相上）玉堦秋影曙光遲。露冷青槐蔭御扉。低首整朝衣。咽不斷銅龍漏水。

我右相段功、與我王、立下這大槐安國土、不料王招請揚州酒徒淳于棼爲駙馬、威名太盛、下官每有樹大根搖之慮、且喜公主亡化、欽取回朝、又被國母、以愛壻之故、時時召入宮闈、但有請求、無不如意、因此棼要勳戚、都與交歡、其勢

甚槐安感動白榆星氣句佳

如炎、其門如市、這也罷了、還有瓊英郡主、靈芝夫人、上眞仙姑、都輪流設宴、男女混淆、晝夜無度、果然感動上天、客星犯於牛女虛危之分、待要奏知此事、又恐疏不間親、打聽的昨日國中有人上書、倘然吾王問及、不免相機而言、老天、非是我沒功銘心、此乃社稷之憂也、我王升殿、且在朝班伺候、

〔菊花新〕淨扮內臣擁王上、根蟠國土勢崔嵬。朝罷千官滿路歸。一事我心疑。甚槐安感動白榆星

釁爲欣去聲

氣也

（右相參介）右相武成侯殿功見（王）右相免禮卿可聞的國中有人上書麼（右）不知（王）書上諗玄象讁見國有大恐都邑遷徙宗廟崩壞他說玄象是何象也（右）正要奏知有太史令奏客星犯于牛女虛危之次（王）那書上後面又說釁起他族事在蕭墻使寡人好生疑惑（右）我國中別無他族便是他族亦不近於蕭牆大王試思之（王）別無人了則淳于駙馬非吾族類其心必異（右）

豪家一何已
有埋伏

臣不敢言（王）將有國家大變右相豈得無言
（鎖寡）聰右、客星占牛女虛危正值乘槎客子歸（王）
牛女虛危主何分野（右）虛危主都邑宗廟之事牛
女主駙馬公主之星近來駙馬貴盛無比他雄藩
久鎮權重丹墀豪家貴戚往來遊戲（王）駙馬貴戚
一至于此（右）還有不可言之處把皇親閨門無忌
淚介合須知蕭牆釁起再有誰可憐宗社遷移
王惱介淳于棼自罷郡還朝出入無度寡人意
已疑憚之今聞右相所言亂法如此可惡可惡

尾本可削以意有未盡故改用之

詩佳

［前腔］他平常僭侈堪疑。不道宣淫任所爲。怪穿鞠度闕。出入無時。中宮寵壻。所言如意。把威福移山轉勢。［合前］

［右跪介］語云、常斷不斷、反受其亂。駙馬事已至此、千歲作何處分

［尾聲］［王］從今不許趁宮衞。只着他角巾還第。［右］依臣愚意遣他還鄉爲是。［王］不消再說少不的喚醒癡迷再遣歸。

［王］上天如圓蓋。 下地似碁局。

南柯記《卷六　三十七

右淳于夢中人。安知榮與辱。

第三十三折　遣歸

原本淳生有綣惧折今併入遣歸

（生素服上）君不見槐安淳于尚主時。連葩蒂一作門楣。珊瑚葉上鴛鴦鳥。鳳凰巢裏鵷鸞兒。葉碎柯殘坐消歇。寶鏡無光履聲絕。千歲紅顏何足論。一朝負譴辭丹闕。自家淳于棼久爲國王貴壻、近因公主喪亡、辭郡而歸、同朝甚喜、不意半月之內、怨動天威、禁我私室之中、絕其朝請之路、公主生天幾日、使淳于入地無門、叚阿我

生當疑懼時唱此曲甚得調

樹猶如此人何以堪用得恰好

淳于棼有何罪過也、

勝如花無明事可奈何。便是今朝結果。不許我侍從隨朝。又禁我交遊宴賀。只許在私家存坐。這其間紛然事多。那其間鬧然話多。有甚差訛。只一句分明道破。直恁的將人摧挫。莫非他疑我在南柯並不曾壞了他南柯。

不要說人、便是這老槐樹枝、生意已盡、所謂樹猶如此、人何以堪、今日要再到南柯、不可得矣、

（末扮紫衣上）國王國母有命、宣駙馬入朝、（生）我

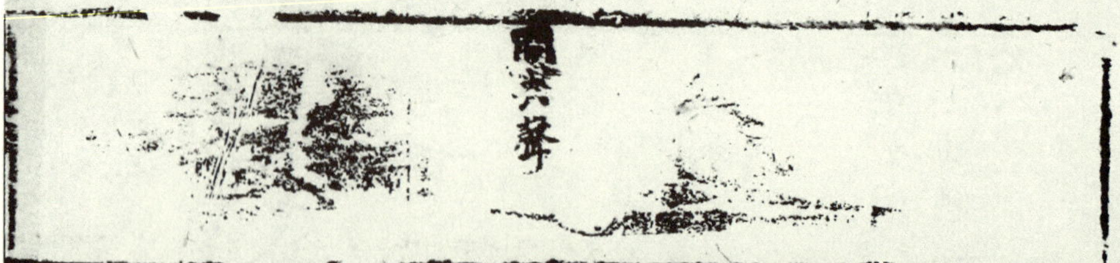

也道公主新亡不宜便至如此正是一聞君命
召不俟駕而行〔同下〕
金雞吼〔王引淨丑扮內使上〕〔王〕氣餘霄漢傷心玄
象為誰凌亂〔國母引貼搽旦扮宮女上〕非關女死
郎情斷歎〔介〕意外包羅就中離間
〔見介〕鷓鴣天國母默坐長秋心暗焦宮闈不見
粉郎朝〔王〕他憑依貴勢干天象我處置空房入
地牢〔國母泣介〕則說他能瀟散美遨遊怎知道
於家為國苦無聊〔王〕笑你區區兒女尋常事敗

壞王基悔怎滌國母千歲一個女婿怎麽會敗了你王基【王】你深宮不知有國人上書星象告變社稷崩移禍起蕭墻釁生他族他族不是他再有誰【國母】難道駙馬會占了你江山【王】小小江山也全仗一個法字他壞法多端哩【國母】他不過噇些酒兒【王】噇些酒兒連瓊英姪女靈芝上眞都着他噇去了【國母】誰見來【王】惱介你要他亂了宮纔爲證見今日設酒殿廷遣他回去你把那些外孫都收養宮中不必多議【國母】泣

國母看生哭有倫

介天阿不看女孩兒一面淨報介駙馬午門外
朝見王傳旨着他進來生入見介罪臣駙馬都
尉左丞相淳于棼叩頭淨請駙馬上殿生應千
歲起介王寡人偶以煩言因而簡禮諒之諒之
國母看生哭介呀駙馬憔瘦之甚也生臣蒙天
譴幽臣私室自思以公主之助守郡多年曾無
敗政流言怨悸委實傷心王巳說有酒爲卿排
悶貼送酒介冷落杯中蟻孤恓鏡裏鸞酒到王
皂羅袍堪歎吾家貴壻記關南餞別對影鳴鑾生

風光頃刻句佳

與乃臣之家笑等句與前第三十議禁諸萬年之計

跪飲介國母止因淑女便摧殘。看承君子多顛倒。生叩頭起介臣飲過三爵。心愁萬端。客星何處天恩見寬。合風光頃刻堪腸斷。

生背介怎說到、風光頃刻堪腸斷。王駙馬沉吟、知吾意乎、幸托姻親二十餘年、不幸小女夭化、不得與君偕老、良用痛傷。生公主仙逝、有臣在此、可以少奉寒溫。王這不消說了、則是卿離家多時、亦須暫歸本里、一見親族。生此乃臣之家矣、更歸何處。王笑介卿本人間、家非在此、生作

初聽
懵蒙上聲

背立不語介〔國母〕淳郎忽若昏睡懵然矣〔生作醒介〕呀、是了、我家本人間、因何在此、〔做哭介〕臣忽思家、寸心如割、不能久侍大王國母矣〔王〕吽紫衣官送淳郎起程〔生〕外孫三四、俱在宮中、還請一見〔王〕諸孫留此、中宮自能撫養、無以爲念〔生哭介〕兀的不苦煞我也〔國母〕不用苦傷、但要淳郎留意、自有相見之期〔生拜〕臣就此拜謝了、

前腔忽憶鄉園在眼。向迷中發悟。有淚闌珊。〔王〕因風好去到人間。三杯酒盡笙歌散。〔國母泣介〕〔生〕歸

此下有意不盡尾今刪

心頓起。攀留大難。幾年恩愛。將如等閒。【合前】

【王】酒盡難留客。【國母】葉落自歸山。

【生】惟餘離別淚。相送到人間。

第三十四折 尋悟

【末外扮二紫衣引旦推車上】事不三思終有後悔、我大槐安國王生下公主、當初只在本國中招選駙馬使了、却去人間、請了個淳于棼來尚主、出守南柯大郡、富貴二十餘年、公主薨逝、拜相還朝、專權亂政、謫見于天國主憂疑着我二

臨川于琵琶記頗熟然作繡帶兒與前腔不合何也

人、仍以牛車送他回去、（笑介）淳于棼、淳于棼、好不類氣也、正是王門一閉深如海。從此蕭郎是路人。（生綠轎上）忽悟家何在。潸然淚滿衣。舊恩抛未得。腸斷故鄉歸。我淳于棼、暫爾離家。恩還疊錦、思妻戀闕、能不依依、（見紫衣介）（生）這便是二十年前、迎取我的紫衣官麼、（紫不應介）（生）想車馬都在宮門之外了、

【繡帶兒】纔提醒。趁着這綠暗紅稀出鳳城。我心中猛然自驚。咳、怎親隨一個都無。惟有這陋劣車乘。

全改正

迸万定切

難明向宮庭回首無限情知何日再遊仙境泣介
我那公主阿愁難聽秦簫鳳聲忍不住行行淚珠
流迸
看來今日我乘坐的車兒便只是這等了待我
再遲回幾步呀便是這座金字城樓了怎軍民
人等見我都不站起咳出了這城宛是我昔年
東來之徑少不得更衣上車而行便了更衣介
長相思着朝衣解朝衣故衣猶帶御香微回頭
宮殿低意遲遲步遲遲腸斷恩私雙淚垂歎介

淳于生歸與前遊時大異此段情景描畫亦盡

重來知幾時。〔紫〕請上車去、〔鞭牛介〕〔生〕便緩行些、

〔前腔〕消停看山川無非舊景。爭些兒舊日人情。〔紫衣急鞭牛介〕〔生〕看這使者、甚無威勢、真可爲怏怏、紫衣官、我問你、廣陵郡、何時可到、〔紫〕不應介〔生〕惱介、咳、我好問他、他則不應、難道我再沒有回朝之日了、便不然、謝恩本也寫得上幾句、〔紫〕笑介〔生〕他那裏死氣淘聲。怎知我心急搖旌。鎖凝。則索再問他、紫衣官、廣陵郡、幾時可到、〔紫〕要時可到、〔生〕呀、像是廣陵城了、渺茫中遥見江外影。這光道是我前

繡帶兒二曲宜春令四曲皆生一人供唱猶喜中多介白稍節力耳曲與諢俱不惡

來行遍。（又走介）呀、便是我家門巷了、還傒倖依然
戶庭。怎這般淒涼。夕陽人靜。
（紫）到門了、請下車。（生下車入門介）（生望見榻作
驚介）（紫高叫介）淳于棼淳于棼。（推生就榻生仍
睡）（紫拍生背介）槐國人何在、淳郎快醒來。（下）（生
醒做聲介）使者、（丑山鷓上）甚麼使者、則我山鷓
兒在這裏。（淨溜搽旦扮沙上）淳于公醒了、我二
人正洗了腳來、（生）日色到那裏了、（丑）日纔西墮、
（生）窗兒下是什麼、（溜）是禪智橋帶來的餘酒、（生）

倏合叙

呀斜日未隱於西垣餘樽尚湛于東牖我夢中倏忽如度一世矣（沙溜）淳于公做甚的夢來（生作想介）取杯熱茶來（山鷓取茶上介）（生喫茶介）待我醒一醒二兄好不富貴的所在我那公主阿（溜）甚麼公主你敢做了駙馬（生）是做了駙馬（溜）是那一朝的駙馬（生）這話長扶我起來講（溜沙扶起生介）（生）你們都不曾見那穿紫的使者麼（沙）我們並不曾見（生）奇怪奇怪聽我講來

【宜春令】堂東廡聽正清有紫衣人軒車叩迎（溜）他

山鷓院主溜沙令岳父母等句俱不要

迎到那裏去、生槐根窟裏大槐安國主相招聘。那公主小名、我還記得喚做瑤芳招我爲駙馬曾侍獵於國西靈龜山、沙後來怎的、生這國之南有個南柯郡、槐安國主、着我做了二十年南柯太守、溜沙好享用哩、後來呢、生公主養了二男二女、不料爲檀蘿小賊、驚恐、一病而亡、歸葬于國東蟠龍岡上、山鷓哭介、哎也、可憐可憐、我的院主、生獵龜山爲防備檀蘿、葬龍岡悽惶鸞鏡。沙後來呢、生自公主亡化、雖則回朝拜相、人情不同了、勢難行。我情

轄還鄉井浮生猶未能忘情槐安郡

鍬消平聲

願乞身。暫還鄉井。

那國王國母見我思歸、無奈許我暫回、適纔送

我的使者二人、他都是紫衣一品、山鵰哎呀、不

曾待的他茶去、生二兒、只是一件這槐安國怎

生在槐樹根頭、一個小小的穴兒裏入去、沙溜

敢是老槐樹成精了、

前腔生花狐媚。木客精。山鵰兒、備鍬鋤。看槐根影

形。山鵰取鍬上介東人、你常在這大槐樹下醉臥

著手了、生也說得是、且同你瞧去、行介遇這槐樹

下不是個大窩壠(掘介)有蟻有蟻(生)尋原洞穴只見樹皮中有蟻穿成逕(溜)向高頭鍬去(驚介)呀你看這穴中廣可一丈洞然明朗(沙)原來樹根之間堆積土壤但是一層城郭便起一層樓臺奇哉奇哉(山鷓鴣介)哎也有蟻子數斛隱聚其中好怕人好怕人(生)不要驚他狀空中樓郭層城更中央絳臺深迥(沙覷介)單這兩個大蟻兒並着在此你看他素翼紅冠長可三寸有數十大蟻左右輔從餘蟻不敢相近(生歎介)想是槐安國王國母了(溜)這

受盡多年宮槐遊從等句與第三十五折求槐安國普度生天照應

便是令岳丈、令岳母哩、（生泣介）好關情也、受盡多年、兩人恭敬。（淵）再南上掘去、呀、你看南枝之上、可寬四丈有餘也、像土城一般、上面也有小樓子、羣蟻穴處其中、呀、見了淳于公來、都一個個有羣頭相向的、又有點頭俯伏的、得非所云南柯郡乎、（沙）是貴治了、

【前腔】（生）南枝偃。好路平。小重樓。是南柯郡城。（歎介）我在此二十年太守、好不費心、辨道則是些螻蟻

百姓、便是他們立下德政碑生祠記、通不見了、有
何德政。也虧他廿載相支應。
(山鷓、西頭掘將去、(衆)
呀、西去二丈一穴、外高中空看是何物、(覷介)原來
是敗龜板、其大如斗、積雨之後、蔓草叢生、既在衙
西、得非所獵靈龜山乎、(生)是了、可惜田秀才一篇
龜山大獵頌、好文章埋沒龜亭。空殼落做他形骸。
沙、再掘向東去丈餘、又有一穴、古根盤曲、(生)似龍
形。就是那莖金枝蟠龍剛影。
(生)細看泣介、你看此中、有蟻冢尺餘、是吾妻也、

塋音盈

我的公主阿、
前腔人如見。淚似傾。恨芳卿不同棺共塋。為國土
臨併。一聲聲、呌不的芳名應。二兒、我當初葬公主
時、為些小兒女、與右相毀功爭辨風水、他說北土
怕有風蟻、我便說縱然蟻聚何妨、如今看來、蟻子
實是有的了、爭風水有甚蟠龍。公主早曾說來、把
螻蟻前驅真正。内打哨介、山鷹、好大風雨來了、這
一科蟻子都壞了他、罷、生快不要傷情。好為他把
宮槐遮定。

第三十二
一遽折國人
書公案

〔蓋介〕山鷓蓋好了、躲雨去、衆做躲雨介〔下〕〔山鷓上笑介〕這個天也好笑、快快雨快快晴、〔瞧介〕呀、東人快來〔生〕溜沙急上〔山鷓〕你看這些蟻子、都不知那裏去了、〔上溜沙驚介〕眞個靈聖哩、〔生〕也是前定了、他國中先有星變流言國有大恐、都邑遷徙、此其驗乎、

〔太師引〕一星星有的多靈聖。他不合招邀客星。惟道是上千天象。果然見宗社分崩。〔生〕步影尋蹤、皆如所夢、還有檀蘿塹江一事可疑、〔山鷓想介〕有了、

此結周弁田子華案

完第十九折得父書公案

有了。宅東長壍古溪之上。有紫檀一株。藤蘿纏擁。不見天日。我長在那裏歇晝。見有大羣赤蟻往來。想是此物（生）是了。此所謂金蘿道赤剝軍也。但些小精靈能厮挺。險氣殺周郎幾命。（溜）那個周郎（生）是周弁。為將他和田子華。都在南柯哩。（山鷓）我適纔聽得有人。從六合來。說周弁與子華同日無病而死。怎麼也在那裏。生驚介這等。一發詫異了。又一件。老爹處也討得他平安書來。約了丑年和我相見。溜。今年太歲不是丁丑。生歎介有這等事。可

[illegible]音牽

此下有小僧曲便涉蛇足之刪之

詩佳

疑可疑，胡廝踁和亾人住程，我身廂有甚麼纏魂不定。【丑】先持鍬鍬下。【沙】亾人的事，要問個明眼禪師，纔有分曉。【生】是了，契玄法師在孝感寺，做水陸道場，我寫下一疏，向無遮會上，要他追薦先靈，倂槐安國王眷屬，普度生天，有何不可。

【溜】空色色非空。【沙】還誰天眼通。

【生】移將竹林寺，度却大槐宮。

第三十五折 情盡

原本轉情情盡是曲折今併為一牧人原坐抹者多

爐香讚

【北仙呂點絳唇】外小生老旦丑扮僧持樂器引末上玄上參發科宣諸天顯現琉璃殿夢境因緣佛境裏參承遍。眾動樂器介生上夢來何自迷覺後誰相弄除非大覺人方知此大夢見末稽首介弟子淳于棼稽首末老僧修行到九十一歲纔做下這壇水陸無邊道場這幾夜河路廣破暗之燈燄口餤清涼之食處求懇至誓願弘通今夜道場告終大眾可有甚祈請替你鋪宣生小生第一

諸戲底板無如破窯記其曲甚爲合節蓋北調也然川牡丹亭與南柯皆用南北詞爲之有唱有做勝破窯多矣

要看見父親生天、第二要見瑤芳妻子生天、第三願儘槐安一國普度生天、（契玄）好大願心、你可便焚指爲香替你鋪陳情疏、當有奇驗、以報度誠、（衆）動樂器介、（生）膜拜焚指介、（外）等先下、（契玄）待我楊枝灑水、布散香花、（生）請問大師螻蟻怎生變了人、（契玄）他自有他的因果、這是改頭換面、（生）小生青天白日、被蟲蟻扯去作眷屬、却是因何、（契玄）彼諸有情、皆由一點情、暗增上睽、癡、受生邊處、無非情障、以致如斯、（生）小生幾曾

董理帶眷屬而來是提醒淳于處

又提白鸚哥蟻子事

與蟲蟻有情來〔契玄〕先生記的孝感寺聽講之
時、我說先生爲何帶眷屬而來、當有三女持獻
寶釵犀盒、即其人也、
〔寄生草〕則爲情邊見、生身見住、一邊你靈蟲倒住
了蟲宮院。那騃蟲倒做了人宅眷。甚微蟲引到的
禪州縣。但是他小蟲蟲湊着好姻緣。難道老天天
不與人行方便。
〔生〕咳、小生全不知他是螻蟻、大師怎生不早道
破、〔契玄〕我說你聽白鸚哥叫道、是蟻子轉身、你

又提二頌惱偈

硬認做女子轉身生是小生曾有這話來契玄便是你門三聲煩惱我將半偈暗藏春色頭一句秋槐落盡空宮裏可不是槐安國第二句只因棲隱戀喬柯是你因妻子得這南柯也第三句惟有夢魂南去日故鄉山水路依稀此是夢醒時依然故鄉也生小生是曾沉吟這話來契玄背云便待指與他諸色皆空萬法惟識他猶然未醒怎能信及待再幻一個境兒要他親疏眷屬生天之時一一顯現等他再起一個情障

如今知道了還有情于他廢此宗門派也

苦惱之際我一劍分開收了此人爲佛門弟子、亦不枉也、【問介】先生、當初留情不知他是蟻子、如今知道了、還有情于他麼【生】旣識破了、又討甚麼情來、【契玄笑介】你道沒有情怎生又要他生天、呀、金光一道天門開了、【內鼓吹介】【生看驚介】是天門開了也、

么篇【契玄】一道光如電知他是那界天莫非寶城開看見天宮院寶樓開放人天宅眷寶雲開散作天州縣【生】呀、天上甚麼聲响【內打唱介】【契玄】知他

叨音刀

世界幾由延。却怎生風聲響處生河變。

(内鼓吹報介)忉利天門開。檀蘿國螻蟻三萬四千户生天。(契玄)是忉利天門開。那檀蘿國螻蟻三萬四千户。紛紛如雨。都生天去了也。(生)叹。檀蘿國是我的冤仇。我這一壇功德顛倒替他生天。怎了怎了。(契玄笑介)先生。你向三十三天位下。再燒一個指頂。替你祈請。(生)指頂便再燒了一個。只是疼哩。(契玄)你不禁十指連心痛。怎得三生見面圓。(生)膜拜。再燒指介。小生雖是[illegible]種、

淳生情痴不能忘南柯何況公主

皮毛上、着不得個炮火星兒、只爲無邊功德、燒了一個大指頂倒度了檀蘿生天、如今法師又引我三十三天位下、再燒了這個大指頂、專候我爹爹公主生天、内鼓吹報介、忉利天門開、生望介、又是說天話了、契玄、你不見大槐安國軍民螻蟻五萬戶口、都也生天了、下生喜介、好了好了、既然大槐安國軍民螻蟻五萬戶口生天、咱南柯百姓都有裏頭了、則不見爹爹和公主的影響、枉了這壇功德也

以下皆淳于種〻情障非禪師金剛劍安能破除

【香柳娘】謝諸天可憐。謝諸天可憐。則我爹爹不見又朦朧隔着多嬌面。展天壇近天。展天壇近天。【拜介】拜的我心處。有靈須活現。盼雲端悄然。盼雲端悄然。好了好了。聽北上雲煙似前靈變。

【内鼓吹生望介】呀。天門又開了。【丑扮老將上】淳于棼我兒。你父親生天了。【生跪哭介】是我爹爹

【前腔】【丑】歎遊魂幾年。歎遊魂幾年。你孝心追薦果然。丁丑來相面。【生】爹爹。孩兒生不能事。死不能葬。罔極之罪也。母親可同來麽。【丑】你母親久生人世

此淳于生見父升天

了。我墳塋蟻穿。我墳塋蟻穿。却得這因緣題書巧方便。我去也。〔生哭介〕爹爹那裏去。〔合〕喜超生在天。喜超生在天。兩下修行。和你人天重見。〔丑下〕

〔生哭介〕親爹、你也下來、得孩兒摸你一摸兒。〔右相周田三人、如前扮上〕淳于公請起、休得苦傷。〔生起望介〕原來是段相國、周田二君。〔衆〕是也。〔生〕右相一向讒間小生、却是爲何。〔右笑介〕淳于公蟠龍岡風水在那裏。〔周〕淳于公、我被你氣死也。〔生〕我廿載威名、都被你所損。〔田〕則我田子華、

此見右相周
田三人生天

始終得老堂翁培植（右笑介）這恩怨都罷了。如今則感淳于公發這大願，使我們生天。

【前腔】（右相）是同朝幾年。是同朝幾年。若留恩怨也。只似南柯和那檀蘿戰。夭精靈鬼纏。夭精靈鬼纏。識破枉徒然。有何善非善。（衆）淳于公請了。國王國母將到。（合）喜超生在天。喜超生在天。兩下修行和你人天重見。（下）

【前腔】（王同老旦上）立江山幾年。立江山幾年。（見介生）前大槐安國左丞相駙馬都尉臣淳于棼叩頭

此見國王國母生天

迎駕〔王〕駙馬生受你了、〔老旦〕淳郎別時曾說來、你
若留情、自有相見之期、那些外孫、通跑上天去了、
你可見麽、〔生〕不曾見、〔老旦〕都做天男天女了、咱一
門良賤。爲天眷屬、非魔眷。〔生〕敢問此去生天、比大
槐宮何如、〔王〕去三千大千。去三千大千。不似小千
般。如沙細宮殿。駙馬我去也、公主和宮眷們後面
來了、〔合〕喜超生在天。喜超生在天。兩下修行。和你
人天重見。〔下〕
〔生〕公主將到、小生竦身以俟、〔望介〕還不見哩、〔又

川見瓊英靈芝上真三姬生天

望介雲頭上、幾個宮娥綵女來也、
前腔搽旦道扮同老旦貼上誤煙花幾年。誤煙花幾年。寂寥宮院。生又不是公主、是上真仙姑、靈芝夫人、瓊英郡主、衆笑介那淳于浪子風流面。生三位天仙請了、搽旦歎介淳郎、我四個人滚的正好、被那個國人的狗木打斷了我們的恩愛、生那裏是國人、便是那不知趣的右相、貼如今這話休題了、生三位天仙下來、我有話講哩、貼我們是天身了、怎下的來、老便下的來、你人身臭也不中用、最

人身可憐最人身可憐天上好因緣癡人怎留戀

（貼）我三人去也公主來了、（合）喜超生在天喜超生

在天雨下修行和你人天重見（下）

（內打哨介）（生）這陣風好不香哩、你聽雲霄隱隱

環珮之聲、的是公主到也、

【北新水令】（此見瑤芳公主生天）旦公主上、則那騁龍山高處彩鸞飛這

又是一程天地金蓮雲上踹寶扇月中移輾破瑠

璃我這裏順天風響霞帔（帔音配）

（生）兀那雲上走動的莫非是瑤芳公主麽、（旦）是

我淳郎夫也久別夫君、奴在這雲端稽首了、我爲妻不了誤夫君、（生）廿載南柯恩愛分、（旦）今夕相逢多少恨、（合）萬層心事一層雲、（生叩頭下）公主、感恩不盡了、你去後、我受多少磨折、你可不知、（旦）都知道了、

南步步嬌（生）受不盡百千毆東君氣和你二十載南柯裏。無端兩折離。則一答龍岡到把天重會。恰些時弄影彩雲西。還只似瑤臺立着多嬌媚。

（生）公主妻阿、快下來有話說、（旦）我不下來、（生）怎

不下來妻、

非折桂令〔旦〕我如今乘坐的是雲車。走的是雲程。站的是雲堆。則和你雲影相窺。雲頭打話。雲意相陪。

〔生〕自公主去後、我好長夜孤恓、〔旦〕你孤恓麼、可知你一生奇遇。虧了那三女爭夫。我臨終數語因誰。

〔生〕知罪了、公主也則是一時無奈、結個乾姊妹兒、

〔旦〕你則知道一霎時酒肉上朋情。那姊妹蚤忘了

二十載花頭下兒女、夫妻。
(生)你如今做了天、想這些小事、都也不在懷了、則是我常想你恩情不盡、還要與你重做夫妻、
(南江兒水)我日夜情如醉。相思再不衰。公主、我怕你生天可去重尋配。你昇天可帶我重爲贅。你歸天可到這重相會。三件事你端詳傳示。(哭介)你便不然呵、有甚麽天上希奇。也弔下咱人間爲記。
(旦)淳郎、你既有此心、我在忉利天、依舊等你爲夫、則要你加意修行。(生)天上夫妻交會、可似人

問、〔旦〕忉利天夫妻、就是人間、則是空來、並無雲雨、若到以上幾層、便只是離恨天了、〔嘆介〕天呵、

〔北鴈兒落帶得勝令〕但和你蓮花鬚坐一回。恰便似線穿珠滚盤內。便做到色界天和你調笑。咦則休把離恨天胡亂端。〔生〕看了芳卿在雲端就是端娥、〔旦〕嫦娥也是人間常蟻化的。他在桂殿、奴在槐宮。都一般宮苑不低微。你登科向大槐、比應舉攀丹桂、都一樣上天梯。〔嘆介〕你便宜見天女、無迴避。傷悲怎的。俺這俏魂頭漸漸低。

了前第七折叫妹子公案

旦做墜下、生拖介旦人天氣候不同靠遠些兒
哥、生你怎生叫我哥哥、旦你留在此寺中叫我一
聲妹子、生想介是曾叫來、旦你前說要個表記
見這觀音座下、所供金鳳釵文犀盒、此非淳郎
一見留情之物乎、生想介是也、旦稽首、佛前取
釵盒與生介淳郎記取犀盒金釵、我去也、生接
釵盒扯旦跪哭介
南僥僥令我入地還尋覓你。昇天肯放伊。我將你
留仙裙帶牢牢拽。少不得你上天時。我則央及你。

紙撚兒還不會打噴嚏是宗門語

（旦）你還上不得天也（生）我定要跟你上天（契玄）猛持劍上砍開（旦下）（生跌倒介）

（北收江南）（契玄）呀你則道拔地生天是你的妻。猛擡頭在那裏。你說識破他是螻蟻、那討情來、怎生又是這般纏戀、你掙着眼大槐宮裏聽多時。紙撚兒還不會打噴嚏。你癡也麽癡。則看這金釵犀盒是甚東西。

（生起看介）呀、金釵是槐枝、犀盒是槐莢子、啐、要他何用、擲棄介、我淳于棼、這纔是醒了、人間君

此是金剛經
拈偈來

臣眷屬螻蟻何殊、一切苦樂興衰南柯無二等爲夢境何處生天、小生一向癡迷也、【南園林好】咱爲人、被蟲蟻兒面欺、一點情千場影戲做的來無明無記、教何處立因依、教何處立因依、【契玄】你待怎的、【生】我待怎的、求衆生身不可得、求天身不可得、便是求佛身也不可得、一切皆空了、【契玄喝住介】空個甚麼、【生拍手笑、合掌立定不語介】

臨川作此曲多不合調今悉改正

實叶繩知切

洩叶衰精切

【北沽美酒帶太平令】（契玄）衆生佛無自體。衆生佛無自體。一切相不眞實。你則看槐莢金釵是甚的。倒不如他馬蟻。馬蟻兒是善知識。誰教你橫枝上立些些形勢。孔兒中做下家資。早則白鸚哥把天機漏洩。從今後夢蝴蝶摺了羽翅。我呵還了他當時塔錐。有這些生天的蟻兒。呀要衆生們都勘破因緣如是。

【小生外旦貼持香旛樂器上契玄大叫介】淳于生立地成佛也。【行介】